Diwrnod Hollol Mindblowing Heddiw

Argraffiad cyntaf: Gorffennaf 1997

Lluniau'r clawr: Sei
Rhif Llyfr Rhyngwladol: 0 86243 395 9

Cyhoeddwyd yng Nghymru
ac argraffwyd ar bapur di-asid a rhannol eilgylch
gan Y Lolfa Cyf., Talybont, Ceredigion SY24 5HE
e-bost ylolfa@netwales.co.uk
y we http://www.ylolfa.com/
ffôn (01970) 832 304
ffacs 832 782

Diwrnod Hollol Mindblowing Heddiw

Owain Meredith

Mi ges i brofiad rhyfeddol yn y coed: rhyfeddol, ysbrydol a gogoneddus.

Ro'n i 'di bod yn potran o gwmpas y tŷ, y fi a'r gath a'r ieir browni, Jane ac Elben Cribata, wedi torri 'chydig o wair, wedi tocio'r gwair rownd y coed bach yn yr ardd, a'r gwyddfid wrth wal y tŷ, wedi rhoi'r tŵls yn daclus yn y cut, ac wedi golchi dillad a'u rhoi nhw i sychu ar y lein. Dwi'n ffeindio gneud y pethe bach yma rownd y tŷ ac yn yr ardd yn anhygoel o hamddenol.

Roedd hi'n ddiwrnod braf iawn, yn llonydd o boeth, a neb o gwmpas, neb yn nunlle. Roedd hi fel taswn i'r unig ddyn ar wyneb y ddaear. Y cwbl gallwn i 'i glywed oedd sŵn yr afon a sioncod y gwair. Ac mi benderfynes gerdded i fyny i'r coed, i fyny'r geunant dywyll a thrwy'r coed pin tawel. Ar ôl 'chydig mi ddois at lannerch fach ac oddi yno mi fedrwn i weld reit i lawr y cwm.

Roedd pob man yn dawel, yn llethol. Ac mi sefes i'n llonydd ac edrych. Yn sydyn ac yn hollol ddirybudd, dyma 'ne awel gref yn chwythu drwy ganghennau uchaf y coed pin yr ochr arall i'r llannerch, a dyma'r awel oer yn golchi dros 'y ngwyneb i hefyd. A dyna fo. Awel sydyn ac yna'r tawelwch eto, ac mi ddychrynes i drwyddaf achos roedd 'na rywbeth yna. Ac er 'mod i wedi dychryn, ro'n i'n ymwybodol o'r ias o fod yn perthyn i rywbeth llawer mwy. Mi redes i adre ar frys, a da' i byth ar gyfyl y lle ene eto…

Y Flwyddyn Newydd

28 Rhagfyr, 1994

Y DDAU BETH PWYSICAF heddiw ydi dewis gwely yn Hafren Furnishers a gig Albert Hofmann yn Aberaeron. 'Nes i ffonio Dyls a threfnu i gyfarfod y criw yn y Milk Bar yn Llanidloes.

Ges i sgwrs drafferthus wrth drio ordro'r fatres achos mi o'n i isio cotwm naturiol ac roedd y ddynes oedd yn gwerthu yr un mor benderfynol y byddai'n well gen i gael rhyw *ultra soft nylon* neu rywbeth. Ond y fi oedd yn fuddugol yn y diwedd, a dyma hi'n deud wrtha i'n siomedig am fynd i weld Ben, ceidwad y matresi.

Felly mi ddreifies i lawr i gefnau Llanidloes i ryw hen ffowndri anferth, ac ar ôl cerdded mewn i'r adeilad mawr 'ma yn llawn dodrefn wedi eu gorchuddio efo plastig, *'O! no, no Ben isn't here, he's over there with the matresses,'* a fan'no roedd Ben yn sefyll ar ei ben ei hun mewn cut tywyll efo pwll mawr o ddŵr ar y llawr a matresi ym mhobman. Roedd cornel y fatres ro'n i 'i hisio yn y dŵr. Ges i sgwrs hir efo fo am fatresi, ac roedd o'n syndod i mi gymaint ro'n i'n gallu malu cachu efo rhywun oedd yn arbenigo mewn matresi.

Es i i'r Milk Bar wedyn i ddisgwyl i bawb ddod dros Dylife, a phenderfynu cael *Welsh Rarebit*. Ym mhob Milk Bar mae arwydd bach wrth ymyl y *Welsh Rarebit* yn deud '*Not available during peak periods*'; dim ond y fi oedd yn Milk Bar Llanidloes ond roedd y *waitress* wedi penderfynu 'mod i'n *peak period*. Felly ar ôl ffrae hir a hollol ddibwrpas ynglŷn â chymaint yn haws oedd hi i roi caws ar ddarn o fara a sticio fo o dan y gril rhagor na rhywbeth mwy cymhleth fel sosej a bacwn dyma fi'n pwdu a chael coffi.

Yn y diwedd, fe gyrhaeddodd Dyls, Pwyll a Pryderi a dyma ni i gyd yn peilio mewn i'r Peugeot, pigo Angharad fyny yn Aber, a bomio lawr i Aberaeron.

Roedd hi'n noson crap braidd; roedd pawb o'n i'n siarad efo nhw ddim fel tasan nhw rîli isio siarad efo fi nac isio bod yno o gwbwl: Dewi Larkhum a Blodeuwedd yn gwpwl bach perffaith, a Mathew Reed yn malu cachu ffwl sbid am farddoniaeth yr Oesoedd Canol a'r *literati* Cymraeg. Ac roedd Angharad mor oeraidd ag erioed. Sgen i ddim syniad pam 'dan ni'n mynd allan efo'n gilydd – mae hi'n edrych mor sarrug pan dwi'n siarad efo hi neu hyd yn oed pan dwi yn yr un stafell â hi. Ro'n i'n cofio fel roedd pethe gig Feathers diwetha – y ferch 'na roddodd y blow job ar un o'r strydoedd cefn – ac yn meddwl mor wahanol y gallai pethe fod wedi bod petai Blodeuwedd wedi mynd off efo fi ym mharti Glyn ddwy flynedd yn ôl, yn hytrach na 'mod i wedi syrthio am Angharad.

Ro'n i jyst yn meddwl ac yn meddwl ac ro'dd fyny staer yn pacd, ac roedd pawb yn deud bod 'na ffeit ar fin digwydd, ac ro'n i jyst isio mynd i gysgu. Es i am dro lawr i gei Aberaeron ar 'y mhen fy hun. Roedd hi'n oer iawn. Mi edryches i ar yr afon a meddwl tybed be oedd am ddigwydd yn ystod y flwyddyn oedd i ddod...

29 Rhagfyr

ROEDD GAN ANGHARAD waith cartref Saesneg i'w wneud felly mi es i lawr i Gors Fochno am dro. Roedd y tawelwch bygythiol yn rîli sbwci. Ro'n i'n dychmygu dyn-anghenfil yn llawn llysnafedd yn codi allan o'r mwrchwll, ac wedyn ar ôl cerdded ychydig ymhellach mi ddechreues i ddychmygu fy hun yn frown ac yn sgwashd ac yn gorwedd yn noeth mewn amgueddfa efo 'Modurwr Crwydredig o Ddiwedd yr Ugeinfed Ganrif' wedi'i sgwennu ar blac uwch 'y mhen i, so mi es i'n ôl i dŷ Angharad.

Roedd Angharad yn y bath a dyma hi'n gweiddi arna i i ddod i sefyll o dan ffenest y bathrwm i gael sgwrs. Ro'n i'n teimlo'n reit Romeo a Jiwlietaidd nes iddi daflu sbwnj gwlyb ar 'y mhen i. Mi ges i sgwrs hir efo mam Angharad am roi eisin ar ben cacennau a gwneud cardiau Dolig yn y WI; ac wedyn dyma hi'n rhoi blwyddlyfr Cymdeithas y Gwartheg Duon Cymreig imi oedd yn ddiddorol iawn ac yn llawn teirw anferth efo enwau anhygoel fel 'Brenin Eryri'.

Gyda'r nos, mi ddaeth teulu Ceunant, y fferm 'ma ar draws y cwm, draw am swper. Roedd yr hen ŵr yn edrych fel gangster cul ei lygaid o'r *wild west*, ac roedd pawb yn siarad mewn mewn rhyw fath o côd. Ro'dd gen i ofn deud dim byd rhag imi dramgwyddo rhyw gyfrin wybodaeth amaethyddol. Yn y diwedd dyma fi'n mentro deud wrth hen ŵr Ceunant 'mod i'n gweithio mewn PR, 'Pwy iâr?' medda fynta, a dyma pawb yn chwerthin. Benderfynes i gau 'ngheg wedyn.

Roedd y bwrdd yn llwythog o fwyd: cig eidion, tatws, grefi ac roedd o'n anhygoel o flasus. Ar ôl cinio dyma ni i gyd yn eistedd o flaen y tân yn yfed port ac mi ddechreues i chwarae cardiau efo hen ŵr Ceunant. Ro'n i'n bendant yn teimlo 'mod i yng nghwmni ymgnawdoliad o Butch Cassidy.

1 Ionawr, 1995

GES I NOSON FFANTASTIC neithiwr yng Nghlwb Ifor Bach. Cydlo Aled West, cydl anferth i Rhion a Siân, cydl i ryw bishyn anhygoel a chydl i bawb arall oedd o fewn cyrraedd. Roedd yr holl lawr fyny staer fel un anghenfil efo cannoedd o freichiau a choesau yn dawnsio ac yn llawenhau. 'Nes i ofyn i Angharad 'y nghusanu i drwodd i'r Flwyddyn Newydd – yn wahanol i'r Cŵps y flwyddyn cynt lle 'naethon ni snogio am oriau. 'Nes i ddim mwynhau ei chusanu hi o gwbwl achos roedd o fel cusanu dieithryn. Roedd hi jyst isio mynd 'nôl ar y llawr dawnsio.

Roedd hi wedi bod yn noson anghyfforddus yn y Green Parrot, efo criw Stacey Road i gyd yn chwarae lluchio'r bocs matsys, *fuzzy duck* ac enwi pobl enwog – a'r holl gemau 'na ma' pobl yn chwarae pan 'dyn nhw ddim yn gwybod be i'w ddeud wrth ei gilydd. A dyma Angharad yn deud rhywbeth embarasing ac mi chwerthes i'n uchel ac yn hollol ffals, a dyma Lydia yn edrych arna i ac mi ro'n i'n teimlo fel hen byrfyrt gwirion yn canlyn y ferch ifanc, ansicr 'ma.

Roedden ni'n eistedd yn yr Harvester heddiw a dyma Angharad yn deud 'i bod hi'n anhygoel o hapus, ac ro'n i'n edrych arni ac yn ysu am iddi ddeud, 'Fi'n caru ti'. Ond wnaeth hi ddim, ac ro'n i isio stwffio tships i fyny 'nhrwyn i.

Dwi'n methu deall sut mae cariad yn gallu dod a mynd fel diwrnod; dwi jyst ddim yn deall pam nad ydi Angharad yn 'y ngharu i, achos ar y cyfan dwi'n reit ffantastic. Mae'n rhaid i mi wynebu'r ffaith nad ydi hi jyst ddim yn fy licio i o gwbwl.

4 Ionawr

WEDI CYCHWYN YN Y GWAITH o'r diwedd a chyfarfod 'y nghyd-archifwyr ffilm. Mae'r ddau ohonyn nhw o Gaerdydd yn wreiddiol, tua chwe deg oed, ac wedi gweithio yn y byd teledu ers degau o flynyddoedd. Mae'r ddau ohonyn nhw yn hollol wahanol. Mae Philip yn cael problemau o bob cyfeiriad, ac yn f'atgoffa i o'r cymeriad siaradus 'na ar 'Goodfellas' sy'n dimandio pres drwy'r amser ac yn cael sbeic yng nghefn 'i wddw; mae o fel tasa fo'n actio mewn ffilm o'r saith degau drwy'r amser. Mae John ar y llaw arall yn hollol *laid back* a cŵl ynglŷn â phob dim. Mae ganddo fo wallt gwyn hir ac mae o'n edrych 'chydig bach fel Duw. 'Di o'm yn deud lot.

Ar hyn o bryd 'dan ni jyst yn peilio hen duniau llychlyd o ffilm o un lle i'r llall felly mae o 'chydig bach yn *boring*. Ond mi 'naethon ni sôn am y Loteri drwy'r dydd ac mae Philip isio ffurfio *syndicate.* 'Nes i ddeud wrthyn nhw 'mod i yn erbyn gamblo.

Dwi 'di drafftio cytundeb i'r *syndicate* achos ti byth yn gwybod be 'neith pobl efo lot o bres. Ro'dd o'n gytundeb gwych. Ges i 'chydig bach o ffantasi am fod yn gyfreithiwr ond 'naeth o ddim para'n hir. Dwi ddim rîli yn licio trafod ennill y Loteri yn agored efo pobl eraill achos mae breuddwydio am ennill y Loteri yn ffantasi bersonol iawn – fel ffantasi rywiol.

A deud y gwir, dwi wedi synfyfyrio gymaint am ennill y Loteri fel 'mod i wedi creu cymeriad arall i mi fy hun: Owain Llywelyn, y miliwnêr. Ac os dwi'n teimlo'n *bored* neu'n drist dwi'n llithro'n syth i'r byd anhygoel 'ma lle mae gen i lot o bres ac mae pawb yn 'y ngharu i. Wrth ddod allan o'r freuddwyd mae hi mor real dwi'n 'i chredu hi ac mae o'n rhoi lot o hyder imi. Dwi'n dechre cerdded o gwmpas fel rhywun sy'n ymddangosiadol dlawd ond sydd mewn gwirionedd yn rhyfeddol o gefnog.

Ges i têc-awê Indian arall heno ac roedd o'n drewi fel hen sanau. Ro'dd yr hufen yn y *tikka massala* yn gwneud i mi feddwl am straeon halio ond mi fytes i o eniwe.

5 Ionawr

PEN BLWYDD LLIO yn La Lupa – yr 'in' lle ar hyn o bryd. Mae'r *tagliatelle travesterina* yn anhygoel, a'r lle'n llawn dop o Gymry Cymraeg Caerdydd. A deud y gwir, ym mhob caffi dwi'n mynd iddo fo yn y nos dim ond pobl sy'n siarad Cymraeg sydd yno. Roedd Dad a Mam yno hefyd, a Bethan a Gwenan. O'n i 'di prynu *Wrong Trousers*, Wallace a Grommit i Llio a 'chydig o *smellies* a dwi'n credu 'i bod hi'n reit *impressed*. Mi oedd y bwyd yn ardderchog – dwi'n rîli licio'r lle. Mae o'n gynnes ac yn gartrefol efo chwaraewr acordion yn chwarae lot yn rhy uchel.

Ar ôl La Lupa aethon ni i weld ffilm Barton Fink yn y Chapter, ffilm am y clerc 'ma yn dod i reoli'r cwmni 'ma yn y dau ddegau yn America. Roedd o'n ofnadwy o *stylized* ac yn rhyfedd iawn, yr olygfa orau yn y ffilm, lle mae'r *executive* 'ma yn rhedeg ar hyd fwrdd y *boardroom* ac yn neidio drwy ffenest y *skyscraper,* oedd yr olygfa oedd yn cael ei defnyddio i hysbysebu'r ffilm. 'Nethon ni daro ar Aled a'i gariad, Nia, ym mar y Chapter yn nes ymlaen. Mae cyfarfod Aled yn brofiad rhyfedd iawn bob amser achos pan oedden ni'n dau yn chwech oed a minna yng Nghaerdydd, mi aethon ni efo'n teuluoedd ar wyliau i Guencarico yn yr Eidal mewn Maxi a malu walnyts a lladd morgrug, a dwi'm 'di 'i weld o ers hynny yn iawn, dim ond yn achlysurol. Mae o jyst mor *weird* 'i weld o rŵan achos 'dan ni'n nabod ein gilydd yn dda, ond dim ond pan oedden ni'n chwech oed, a dwi byth yn gwybod be i'w ddeud wrtho fo. Elli di ddim siarad am falu walnyts am weddill dy fywyd. 'Nes i ofyn am seidr diddorol mewn potel ac mi ddaeth Aled ag un *designer* efo llun o fochyn ar y label ac roedd Nia a fi yn rhamantu am Workingmen's Hall, Ferndale. Roedd hi'n noson reit ddifyr.

Ar ôl trafod y ffilm am 'chydig dyma ni'n cael sgwrs od ryfeddol ynglŷn â'r posibilrwydd mai hon oedd y noson fwyaf pleserus i neb ei gael ar wyneb y ddaear rŵan hyn. Peth rhyfedd ydi nabod pobl yn dda a pheidio eu nabod nhw o gwbl yr un pryd.

15 Ionawr

'NES I DYNNU 'NILLAD allan o'r golch y bore 'ma a ffeindio papur wedi c'ledu ym mhoced 'n jîns. Pishyn o bapur oedd Angharad wedi'i roi imi fisoedd yn ôl oedd o. Roedd hi wedi tynnu llun o bry cop ac *aardvark* arno fo (mae hi wedi gwirioni efo'r *aardvarks* 'na sy ar gasys pensiliau'r Body Shop) a llun ohona i a hitha efo'n henwau ni o dan y lluniau.

Ro'n i'n trysori'r papur 'ma, ond rŵan roedd o wedi torri yn ei hanner, yn union rhwng Angharad a fi. Yn sydyn, mi ddechreues i deimlo'n symbolaidd ac yn felodramatig iawn.

O'n i'n teimlo mor dipresd mi 'nes i yrru i Borth-cawl a mynd i gerdded hyd y ffrynt, oedd yn braf iawn. Ro'dd hi'n llawn dop o bobl ifanc yn cerdded 'nôl ac ymlaen yn dangos eu dillad Dolig newydd i'w gilydd; ges i hufen iâ anferth yn Rabiotti's a sgwrs efo'r boi yn y lle cebab, ac wedyn mi eisteddes i am oriau ar y ffrynt yn darllen llyfr am hanes Mark Bolan.

Do'n i'n nabod neb ym Mhorth-cawl a 'naeth neb siarad efo fi, a rhwng darllen talpiau o'r llyfr ro'n i'n meddwl am Angharad ac am ein blwyddyn a hanner o berthynas. Roedd cymaint o bethe yn 'y mrifo i: y ffaith nad oedd hi'n 'y ngharu i i ddechre arni, ei hoerni hi, y ffaith nad o'n i wedi gallu 'i phlesio hi... Ond dwi'n nabod Angharad er pan oedd hi'n un ar bymtheg, wedi ei gweld hi'n tyfu fyny, ac mae ei hieuenctid hithe'n gorffen hefyd. O'n i'n teimlo'n hen ar ffrynt Porth-cawl, yn hen achos 'mod i wedi syrthio mewn cariad efo merch ifanc a 'mod i'n mynd i orffen efo dynes.

16 Ionawr

AR ÔL CODI'R PAPUR DECPUNT ro'n i wedi'i ennill ar y Loteri o'r garej, dyma fi'n rhuthro i'r gwaith 'chydig yn hwyr. Ro'dd Phil isio gwybod am 'y nhrip i i Borth-cawl ac yn rhyfedd iawn roedd John wrthi'n logio eitem ar Gynhadledd y Glowyr ym Mhorth-cawl yn 1961, ac wrthi'n sbio ar y *footage* negatif 16 mil o'r glowyr 'ma'n cerdded mewn i'r pafiliwn yno. Do'n i yn 'y myw yn gallu cysoni pellter amser. Dyna lle'r o'n i, newydd fod yn cerdded heibio'r pafiliwn wedi cau, a'r glowyr 'ma yn 1961, yn eu heddiw nhw, yn cyrraedd yno ar gyfer cynhadledd.

'Nes i gyfarfod Mr.Meredith arall heddiw sy'n rhedeg cwmni PR ei hun fyny staer. Roedd o'n arbenigwr ar y diwydiant glo felly fe ddaeth o lawr i roi cyngor i ni ar ryw *footage* oedd ganddon ni o drychineb lofaol arall o'r chwe degau. Welis i o ddwywaith wedyn yn y coridor ac mi 'naethon ni ddeud 'Helô, Mr.Meredith' wrth ein gilydd, oedd yn reit *amusing*.

Tua amser cinio, ffoniodd Mam i ddeud bod 'n ewythr i wedi'i ddarganfod yn farw efo gwn wrth ei ochr dan Graig yr Ogof, ddydd Llun. O'n i'n teimlo'n hollol *spaced* drwy'r dydd wedyn.

19 Ionawr

'NÔL I'R GWAITH. Cyfarfod Gareth Jenkins o Barclays amser cinio i drafod pensiwn. O'n i'n teimlo'n anhygoel o *irritated* efo'i jargon banc o felly mi ofynnes i iddo fo, *'So what happens if Barclays goes bust?'* Mi chwarddodd o'n wallgo a deud, *'But that could never happen.' 'Yes it could,'* medda fi, *'what happens to my money?'* Doedd o jyst ddim yn gallu amgyffred y posibilrwydd o Barclays yn mynd i'r wal. Hyd yn oed ar ôl i mi golli diddordeb yn y cysyniad, roedd o'n dal i ymaflyd efo'r posibilrwydd erchyll *'... but Barclays is a multinational company and...'* ac yn y blaen, hyd syrffed.

Gyda'r nos, es i lawr i'r Taff Embankment i bigo Gwil a Catia fyny. Maen nhw'n byw mewn ardal dlawd, lom o Gaerdydd, ar yr un stryd â rhai o'r puteiniaid, ac ar draws yr afon roedd 'ne hen ffatri fawr rydlyd, erchyll yr olwg. Mi ddreifion ni ar draws Caerdydd i dŷ Anna a Robs yn Llandaff North; hwn oedd y cyfarfyddiad mawr cyntaf rhwng Anna a Robs a Catia a Gwil. Yn anffodus, tydi Catia ddim yn siaradus iawn – a deud y gwir dwi ddim yn 'i deall hi o gwbwl. O'n i'n meddwl ar y cychwyn 'i bod hi 'chydig bach yn swil, ond dwi'n dechre poeni mai jyst powti ac *arrogant* ydi hi.

Roedd hi'n noson ddi-sgwrs braidd, ac aeth y sefyllfa 'chydig bach yn embarasing pan ddechreuodd Anna roi row i Robs o flaen pawb. Dwi 'di penderfynu na wna i fyth briodi. Roedd Gwil yn ei fyd bach ei hun fel arfer a wnaeth o ddim sylwi o gwbwl ar yr holl ffys oedd yn mynd ymlaen o'i gwmpas.

21 Ionawr

HEDDIW OEDD ANGLADD 'n ewythr, ac roedd hi'n oer wrth y bedd. Yn y capel, wrth i Dyfed chwarae, ro'n i'n dychmygu'n ewythr am ryw reswm yn edrych mewn drwy un o'r ffenestri.

Dwi'n dal i fethu credu 'i fod o wedi mynd. O'n i'n ffeindio'n hun yn ei ddychmygu o'n ffensio yn Cae Tan Fedwen efo cap gwlân, coch am ei ben, yn cario dafad ar gae tyrbein, ar fuarth y fferm. Wedyn, mi gofies i am yr haf hwnnw pan o'n i a Robin 'di mynd fyny i ben Bwlch am dro. Dyma ni'n sbio lawr i fuarth y fferm a be welson ni ond 'n ewythr yn sefyll yno yn glanhau ei wn. Mi welodd o ni ac mi waeddodd rywbeth ond doedden ni'm yn gallu 'i glywed o am 'n bod ni mor bell i ffwrdd.

Gyda'r nos mi es i lawr i Aberystwyth a galw heibio Magi – ffrind coleg sy'n byw yng Nghorris;

roedd hi efo Gwenno, ei ffrind, ac o'n i jyst â marw isio gwybod ydi'r ddwy ohonyn nhw yn cael *affair*. Allan am sesh efo Angharad wedyn, mynd i'r Blac a diweddu fyny yn nhop y Marine. Mi aeth Angharad off i siarad efo rhywun ac mi ffeindies i fy hun yn eistedd rhwng dau fachgen oedd yn rhygnu 'mlaen, yr un ar y chwith imi am UFOs, a'r un ar y dde am syrffio.

Lle bynnag ro'n i'n troi, o'n i'n gorfod siarad am un o'r pynciau *boring* 'ma. O'n i'n teimlo reit ddiflas, ac roedd 'ne dri ffarmwr meddw yn bustachu ac yn syrthio o gwmpas y bar, un wedi gwisgo cynfas gwyn a'r llall yn dal lampshêd am ryw reswm. O'n i'n ama'n gry bod 'na ffeit ar fin digwydd ac roedd hyn yn 'y niflasu i'n arw hefyd.

Ar ôl hir a hwyr dyma Angharad yn dod 'nôl a datgan gyda balchter mawr bod yna ffeit wedi bod yn y gornel, a bod yna un boi yn edrych fel tasa fo wedi marw a'i bod hi wedi bod ynghanol yr holl beth ac wedi cael ei hedbytio.

Pan aethon ni allan roedd yr ymadawedig (honedig) wedi gwneud atgyfodiad rhannol, a'i ddillad gwaedlyd o'n garpiau; roedd o'n siarad efo'r heddlu.

Ro'n i'n gallu gweld y tri oedd yn gyfrifol yn sleifio ffwrdd ar hyd tywyllwch y Prom. Roedd y bachgen oedd wedi cael cweir yn 'n atgoffa i o'r babi 'na ar yr hysbyseb Benetton, ac o'n i'n meddwl am 'n ewythr wedi marw, a'r flwyddyn newydd wedi cychwyn...

25 Ionawr

DIWRNOD SANTES DWYNWEN. 'Nes i ffonio Angharad ac ar ôl sgwrs reit hir roedd hi'n dal ddim wedi deud dim byd am y blodau ro'n i wedi'u hanfon ati, felly yn y diwedd ro'n i'n gorfod gofyn iddi gafodd hi'r blodau. 'O! do... diolch,' oedd ei hateb swta hi.

Yn anffodus, dwi ddim yn deud wrth neb am bethe fel hyn. Dwi'n dal i ddeud 'i bod hi'n wych a'n bod ni mewn cariad wrth bawb sy'n barod i wrando. Dwi fel taswn i'n cael rhyw bleser masocistaidd mewn bod yn glên. Ddim fel'na mae hi mewn gwirionedd, achos dwi'n teimlo'n chwerw tuag ati am fod yn fwy aeddfed na fi. Mae hi'n gwybod bod y berthynas ar ben. Jyst fi sy'n methu derbyn y peth.

Mae rhywbeth ddeudodd Robs wrtha i'r flwyddyn ddiwetha yn troi ac yn troi yn 'y mhen i. O'n i wedi bod yn disgrifio'r holl bresantau Dolig ro'n i'n mynd i brynu iddi hi a dyma fo'n edrych arna i a deud rhywbeth cwbl annisgwyl: 'Ti ddim yn trial prynu cariad wyt ti?' Roedd o'n beth anhygoel o ddigywilydd i'w ddeud ar y pryd, ond roedd o mor wir hefyd. Mwya swta ydi Angharad efo fi, mwya dwi'n 'i wario arni hi. Dwi'n trio ei phrynu hi. Fedra i ddim prynu cariad – ddim ar 'y nghyflog i, beth bynnag.

Yn y pnawn 'nes i orffen tynnu popeth allan o'r stafell wely gan 'mod i wrthi'n ei hail-wneud hi ar hyn o bryd – cyrtens, dodrefn, a charped; yr unig beth sydd ar ôl ydi'r *Magic Tree* 'naeth Ans brynu i mi Dolig, ac mae'r cemegau lliwgar wedi dechre disgyn ar y llawr.

Mae'r stafell yn anhygoel o ryfedd yn wag, mae hi'n edrych lot yn fwy – dim byd tebyg i be dwi'n 'i gofio. Fedra i ddim dychmygu dim byd sydd wedi digwydd yn y stafell: Ans a fi yn y gwely ar ddechrau'r mis, 'n chwaer yn byw yno y flwyddyn ddiwetha, stafell fyw'r teulu y flwyddyn cynt, y stafell wely pan o'n i'n fach, lle ges i gymaint o hunllefau am y cyrtens oren efo rhwyg ynddyn nhw. Does 'na ddim cysylltiad o gwbl rhwng yr atgofion hynny a'r gragen wag yma; *weird* iawn.

'Nes i ddechre neidio'n droednoeth ar hyd y planciau pren nes imi sefyll ar bìn bawd a rhuthro i'r bathrwm mewn poen mawr. Gyda'r nos mi wnaeth fy chwaer a fi ddechre sandio'r llawr efo sandar o'n i wedi'i brynu o Homebase am £29.00.

Ar ôl oriau o fustachu trwy gymylau o lwch, bachu'r peiriant mewn hoelion a rhegi'n ddi-baid, dyma ni'n stopio ac edrych yn drist ar gornel fach fudr roedden ni wedi llwyddo i'w chlirio. Yn y diwedd, ffeindies i rywun yn y *Yellow Pages* oedd yn barod i wneud y job am £200.00 gan gynnwys plaenio a selio.

31 Ionawr

ROEDD Y BOBL oedd yn gwneud y job ar y llawr yn dod am un o'r gloch ac mi ro'n i'n trio cael y cwpwrdd 'ma lawr staer, ond o'n i'n methu 'i gael o rownd y gornel. 'Nes i drio pob ongl oedd yn bosib, felly yn y diwedd dyma fi'n rhoi *karate chop* neu chwech i'r cwpwrdd dillad efo 'nhraed nes roedd o'n ddarnau. Iesgob, roedd o'n hwyl! Mi ddaeth y bobl sandio'r llawr efo pob math o ryw beiriannau anferth, ac mi fuodd y peiriant yn chwyrnu ar lawr y llofft drwy'r dydd. Es i ddim fyny achos mae llwch y farnish yn beryg bywyd.

Wrth glirio'r tŷ, mi ffeindies i ddau hen hwfar, so mi ffonies i foi o Jacob's oedd yn honni mai fo oedd yr unig werthwr hwfars antîc yng Nghaerdydd. Fe ddaeth heibio yn ddiweddarach. Roedd o'n edrych yn *dodgy* iawn – rhyw thyg tal, pen moel, oedd yn edrych fel Genghis Khan, ac yn llyncu *peanuts* drwy'r amser. *'Yeh, what have you got?'* medde fo, fel petawn i ar fin gwerthu drygs iddo fo yn hytrach na chwpwl o hwfars.

Roedd gynno fo ryw foi efo fo yn ei fan. Roedd yr holl sefyllfa yn llawer rhy felodramatig ac roedd y boi 'ma yn drewi o *peanuts* a dim ond tenar oedd o'n gynnig i mi am y ddau. Ro'n i isio tenar yr un, a do'n i'm yn licio'i olwg o. So mi aeth o ac mi rois i'r hwfars allan i'r bins, ond mi gadwes i fathodyn tun yr un gwyrdd achos mai ar olau yr un gwyrdd o'n i'n arfer dringo pan o'n i'n fabi.

Mae'r llofft yn edrych yn ffantastic. 'Naeth 'n chwaer a fi osod y gwely at 'i gilydd heno. Ro'dd gan y gwely ryw system *easy Swedish screw* neu rywbeth, oedd yn amhosib ei ddeall, ond ar ôl hir a hwyr dyma fo at ei gilydd, ac ar ôl stryffaglu am oes dyma gael y fatres i fyny a'i gosod hi ar y gwely. A dyma fi'n gorwedd ar y fatres gan deimlo'n anniddig iawn, achos roedd y llofft yn wag ac yn ddidrafferth, ond mi oeddwn i isio'i llenwi hi efo rybish. O'n i'n methu cysoni'r ddau beth yma yn 'y meddwl.

Gorffen efo Angharad

11 Chwefror

O'N I'N GORFOD codi'n gynnar i fynd i nôl Ans o'r orsaf bysys bore 'ma. Ro'dd hi wedi dod lawr ar gyfer 'y mhen blwydd i ac er mwyn gweld y llofft ar ei newydd wedd.

Roedd gen i 'chydig bach o gur pen ar ôl cael sesh neithiwr efo criw *Big Issue*. 'Nes i gyfarfod John Grahame a boi o'r enw Ryan ac roedden nhw'n neis iawn i siarad efo nhw. Addawes i wneud dipyn o waith i'r *Big Issue*. Aethon ni i'r Apollo ac roedd y criw i gyd yn siarad yn reit selog.

Fe gyrhaeddodd y bws yn y diwedd, ac roedd hi'n bwrw so mi rannes i ac Ans ymbarela lawr Queen Street. Roedd hi'n edrych yn arbennig o dlws, ac wrth gwrs roedd hi isio mynd i Gap ac i Oasis i brynu dillad.

Does gen i ddim syniad pam mae merched yn mwynhau siopa gymaint. Hynny yw, dwi'n mwynhau prynu dillad newydd, ond mae merched yn gallu treulio trwy'r dydd yn edrych ar ddillad, yn trio rhai ymlaen a phrynu dim byd.

Yr ymateb gora ydi jyst rhoi rhyw olwg ddi-hid. Achos os ydi hi'n gofyn rhywbeth fel, 'Be ti'n feddwl o hwn?' wrth ddal yr ugeinfed crys i fyny a hwnnw'n edrych yn union fel pob crys arall yn y siop, ti'n methu ennill os ddeudi di, 'Mmm mae o'n neis,' achos mi 'neith hi edrych arnat ti fel tasat ti'n gwybod dim byd am ffasiwn a deud, 'Nac'di, mae o'n horibl'. Ac os ti'n deud, 'Ym, na, dwi ddim yn meddwl,' mi edrychith hi arnat ti efo dicter lond 'i llygaid a deud, 'Wel, *dwi'n* licio fo'.

Ac mae o'r un fath os 'di hi'n dod allan o'r stafell newid efo owtfit newydd. Fiw iti ddeud, '*God,* ti'n edrych yn gorjys,' achos mae hyn yn cael ei ddehongli'n syth fel cyhuddiad – ei bod hi'n dew – ac wrth gwrs, fedri di ddim deud dim byd drwg amdani hi. Felly edrych yn ddi-hid sy ora a jyst 'chydig bach yn *miserable*.

Mae siopau dillad merched yn llawn dop o ddynion sy'n edrych fel hyn, ac yn lle cael stafell efo cadeiriau lle gall y dynion trist 'ma fynd i eistedd, am ryw reswm, tydi'r siopau dillad ddim yn meindio cael y cysgodion 'ma'n cerdded o gwmpas. Dwi ddim cweit yn deall pam mae merched yn mwynhau rhoi dynion trwy'r artaith yma bob dydd Sadwrn.

Mi 'nes i fwcio Ans i mewn i salon Zoo yn Castle Arcade er mwyn iddi gael toriad gwallt gan y proffesionals. O'n i'n sefyll wrth y ffenest yn tynnu wyneb gwirion ond doedd hi'm yn cymryd unrhyw sylw ohona i.

Tra oedd Ans yno mi gyfarfyddes i ag Edydd Huckle, cyn-actor ar Brookside a chanwr yn un o grwpiau pync yr wyth degau. Dim ond fo a'i gi yn sefyll y tu allan i siop fotymau. 'Naethon ni'n dau edrych ar ein gilydd yn embarasd achos roedden ni'n dau yn gwybod yn iawn mai Cymry Cymraeg oedden ni, ond doedd gynnon ni ddim byd yn gyffredin o gwbl. 'Nes i ofyn iddo fo be oedd o'n 'neud rŵan, a dyma fo'n deud, a 'naethon ni ddim siarad dim mwy mewn gwirionedd, jyst mymblo.

Mi fuodd Ans yn y salon am oriau a phan ddaeth hi allan roedd hi'n edrych yn ffantastic. Roedd hi'n casáu 'i gwallt wrth gwrs ac yn deud 'i bod hi'n edrych yn wirion, ac mai 'y mai i oedd o ac yn y blaen ond erbyn y nos roedd o'n OK ac roedd hi'n credu mai hwn oedd ei delwedd newydd hi. Roedd hyn yn rhannol achos ein bod ni wedi cyfarfod ei ffrind hi, Llinos, yn ardal nicyrs Marcs & Sparcs a'i bod hi wedi deud, 'Ti'n edrych yn lyfli,' yn y ffordd unigryw, *bitchy,* 'na mae merched yn siarad efo'i gilydd.

Arhoson ni i mewn drwy'r gyda'r nos a gwylio fideo *Moonstruck* a chael têc-awê, a jyst cydlo ac oedd o'n neis iawn ac yn gynnes.

12 Chwefror

GYRRU FYNY i Aberystwyth a sbio ar safle'r Safeway newydd. Ym Mhenparcau mi aethon ni i'r garej ar y groesffordd a gyrru trwy'r *car wash*. Dwi erioed wedi gwneud hynny o'r blaen. Ro'dd o'n deimlad anhygoel efo'r peiriant mawr yn chwyrnu dros y car i gyd, fel tasat ti'n cael dy lyncu gan forfil mecanyddol, rheibus. Roedd Ans wrth ei bodd ac yn edrych mor anhygoel o dlws pan oedd hi'n chwerthin. Roedd o'n 'y mrifo i'n ofnadwy, ac mi faswn i'n rhoi unrhyw beth am iddi 'ngharu fi. Gawson ni swper ym Mryn-rhudd, cartre Ans, ac roedd pawb yn siarad am briodas Glyn a Lena Pant-bach. Dwi'n edrych ymlaen yn fawr at y diwrnod.

Wedyn, mi ddreifies i lawr i Gaerdydd trwy Aberaeron, Ffostrasol, Pencader, Caerfyrddin, ar hyd yr M4, ac roedd fy llygaid i'n cau fwyfwy wrth i bob milltir fynd heibio. O'n i'n meddwl am Angharad yr holl ffordd lawr ac yn trio meddwl be i'w 'neud neu be i'w ddeud. Ond erbyn cyrraedd Port Talbot o'n i wedi blino gymaint o'n i wedi dechre ffwndro'n lân.

O'n i'n trio gorwedd yn ôl yn y gadair a rhyw fath o hanner mynd i gysgu, wedyn o'n i'n troi'r gwres ffwl pelt ac yn gwasgu 'nhrwyn at y ffenest, a phan oedd 'y ngên i'n cyffwrdd y llyw o'n i'n agor y ffenestri i gyd a dechre sgrechian rhyw ddarnau o farddoniaeth ro'n i'n cofio. Wedyn 'nes i drio disgrifio'r daith mewn gwahanol leisiau: Ffrancwr oedd yn troi'n Almaenwr yn ddirybudd, person sleimi, person camp ayyb nes o'n i'n cael rêl ibijibis erbyn y diwedd.

Wrth ddod mewn i Gaerdydd, 'nes i roi *'Red Dragon Love Hour'* ymlaen a gwrando ar broblem Lisa: *'His best friend told him that I snogged another guy... but I didn't'.* Roedd gwrando ar broblemau pobl eraill yn gwneud imi deimlo'n lot gwell.

13 Chwefror

DIWRNOD 'Y MHEN BLWYDD I... dwi'n ddau ddeg chwech. Es i a'n chwaer a Mam a Dad i'r Noble House i gael pryd Tsieineaidd. Ges i sosban gan Mam oedd yn achos tipyn o ddifyrrwch i'r staff yno, a llyfr DJ, *Yn Chwech ar Hugain Oed,* oedd yn glyfar iawn, a llyfr nodiadau bach gan 'n chwaer. Dwi'n mynd i roi 'mreuddwydion i ynddo fo dwi'n meddwl.

Ar ôl cyrraedd gartre mi es i drwy'r ffotograffs ohona i'n fach yng Nghaerdydd, yn y pwll nofio plastig yng ngardd Nain a Taid ym Mangor pan o'n i'n chwech oed, yn Nhy'n-y-fedw yn ystod eira mawr 1979 yn gwisgo fy het bobl a minna'n ddeg, ar 'y niwrnod cynta i yn yr ysgol uwchradd a 'nghroen a 'ngwisg ysgol i'n berffaith lân, yn ddwy ar bymtheg yn gyrru car Mam, ac yn bedair ar bymtheg ar Ynys Enlli. Ro'n i'n trio meddwl am rywbeth arwyddocaol, ond do'n i'm yn gallu. Dim ond nad o'n i'm yn nabod y person yn y ffotograffs yma mewn gwirionedd. Dwi'n gwybod mai fi sydd yno ar y ffilm, ond dwi'n methu deall pam mae'r bachgen yma yn y ffotograffs fel dieithryn imi ar yr un pryd. Ac mi o'n i'n syllu i'n llygaid i pan o'n i'n chwech oed yn yr haul ar lawnt Nain a Taid ac ro'n i isio mynd 'nôl gymaint, achos dwi ddim isio tyfu fyny.

Roedd gen i ofn, achos wrth imi edrych ar y ffotos yma mi o'n i'n gallu teimlo 'mywyd i'n llithro trwy 'mysedd i. Dyma fi, bachgen dosbarth canol, babi'r saith degau, Mr.Neb. Ac yn sydyn mi sylweddoles i pam o'n i gymaint angen cariad. Pan mae merch yn dy freichiau di mae pob dim arall yn pydru, y gwely, y dillad gwely, llawr y llofft, muriau'r tŷ, y ddaear o dan y tŷ... mae pob dim yn pydru ac yn chwalu ac mi fedri di hedfan drwy'r gofod oer, creulon yn gynnes ac yn saff ym mreichiau dy gariad, yn fytholwyrdd yn ei chusan, tu hwnt i farwolaeth ac ofn, yn nerthol ac yn gryf yn ei sibrwd cariadus.

21 Chwefror

DIWRNOD REIT BRYSUR heddiw. Yn ystod 'n awr ginio 'nes i gyfweliad teledu am y traddodiad gweledol yng Ngymru i un o'r cwmnïau teledu trendi 'ma sy'n gwneud rhaglenni iwff. Dwi'm yn gwybod pam maen nhw'n meddwl 'mod i'n gwybod unrhyw beth, ond mae'r teledu yn talu'n warthus o dda a tydi'r cynhyrchwyr 'ma ddim yn poeni *zilch* am safon na chywirdeb.

Roedd y criw, yn ôl arfer y cwmnïau iwff 'ma, yn llawn o bobl ifanc, tlws, didalent, oedd heb diddordeb yn unrhyw beth heblaw'r *pay packet* anferth nesa. O'n i'n teimlo'n wag pan o'n i'n siarad efo nhw.

Wedyn, ar ôl gwaith, mi es i Aelwyd yr Urdd i helpu Robs, ac roedd o mor ddoniol edrych ar ôl y llond adeilad 'ma o blant bach drwg Caerdydd. Ro'n i'n rhuthro o gwmpas o un stafell i'r llall, ac roedd y plant bach tawel yn cael eu poenydio'n ddidrugaredd yn y stafell snwcer gan ddau o'r enw Mike a Gareth oedd yn hwffio'r peli o'r ffordd ac yn y blaen; a bob tro o'n i'n rhedeg mewn roedd Mike a Gareth yn rhedeg allan.

Roedd rhyw foi bach o'r enw Alun, yn haslo'r merched oedd yn chwarae ping-pong achos roedd o'n ffansïo un ohonyn nhw – roedd o'n dwyn y peli ac yn rhedeg i gornel y stafell. Wedyn, mi sylwes i ar y bachgen *dodgy* yr olwg efo cap *baseball* yn crwydro o gwmpas ac yn edrych yn fygythiol. Yn y toilets merched roedd Darren a Kelly yn snogio ac i fyny staer roedd y bechgyn yn chwarae mwy fyth o 'bêl-droed'; trio cicio ei gilydd oedd eu prif fwriad nhw dwi'n meddwl... Ges i gymaint o laff, a phan agorodd y siop fferins fe ruthrodd pawb, y tyffis a'r wimps, i brynu cymaint gallen nhw o bethe jeli, stici a phop glas a gwyrdd erchyll, ac ar ôl swopio fferins, mi 'naethon nhw fwyta'r cyfan i gyd. O'n i wedi anghofio bywyd mor stici, lliwgar ac emosiynol mae plant bach yn ei gael.

Ar ôl i'r Aelwyd orffen mi ruthres i draw i Oriel er mwyn mynd i agoriad swyddogol arddangosfa Keith Woodhouse; o'n i fod i'w adolygu o i radio'r BBC. Ro'dd ganddo fo lot o luniau ffotograff o bentyrrau o gerrig yn cael eu dymchwel ar lan y môr, ac roedd ganddo fo un cerflun mawr, sef llond cornel o dywod efo tyllau ynddo fo.

Roedd y stafell yn llawn o bobl *arty* oedd yn edrych mwy ar ei gilydd nag ar y lluniau. Roedd yr artist yn sefyll ar ei ben ei hun mewn cornel ac mi es i ato fo i gael sgwrs, ond roedd o'n foi rhyfedd. Edrychodd arna i fel tasa fo ddim yn siŵr be oedd o'n 'neud yno yn iawn, so 'nes i ddim siarad yn hir efo fo.

Mae'n debyg 'i fod o'n foi enwog iawn am wneud cerfluniau natur – ia, pentyrrau o gerrig mewn afon a phethau cyffelyb – ond roedd o'n mynd â'i *modesty* ychydig yn bell; roedd o'n ymddangos yn debycach i gondyctar bws *lobotomised*.

25 Chwefror

FFONIES I ANGHARAD heno a'i holi hi sut hwyl gafodd hi ym Mharis, wedyn mi oedd yna saib reit hir a dyma hi'n deud 'i bod hi, 'Wedi blino ar hyn i gyd...' 'Fi wyt ti'n 'i olygu?' medde fi. 'Ie,' atebodd hithe ar ôl hymian a haian am dipyn. Wedyn dyma fi'n deud 'mod i'n gorffen y berthynas. 'Hwyl, *weirdo*,' medde fi. 'Hwyl, *funny face*,' atebodd hithe.

26 Chwefror

DWI 'DI TREULIO TRWY'R DYDD yn trio sgwennu llythyr i Ans yn *sort of* diolch am ei chwmni, ond yn anffodus dwi 'di crio gymaint fel 'mod i wedi cymryd oriau i sgwennu unrhyw beth. O'n i'n trio sgwennu llythyrau barddonol, llythyrau chwerw, ond yn y diwedd 'nes i adael o'n syml a diolch iddi, a deud y basan ni'n cyfarfod rywbryd i drafod y cyfan rhyw bnawn braf. O'n i'n meddwl 'mod i mor ddewr 'nes i grio lot mwy wedyn.

Yn ystod y gyda'r nos mi fues i'n gweithio fel teleffonydd ar ryw raglen wyliau gach o'r enw *Penwythnos Mawr*. Roedden ni i gyd yn gorfod gwisgo crysau oren, erchyll ond ti'n cael £25 *cash in hand,* sy ddim yn ddrwg.

Am ryw reswm, ar ôl crio drwy'r dydd o'n i'n teimlo'n hollol *brilliant* yn y nos, a gan fod y stiwdio yn llawn o genod ifanc del, o'n i mor dechre gweld y manteison o fod yn sengl. Iesgob, o'n i mor anhygoel o ffraeth a siaradus a gwallgo o hapus dwi'n credu falle 'mod i'n dioddef o *delayed shock*. Pan gyrhaeddes i'r tŷ o'n i'n teimlo'n *weird*.

Dwi'n 'i chael hi'n anodd credu na fydd Ans a fi yn cusanu eto tra byddan ni'n dau byw. Does gen i ddim byd i'w afael ynddo fo, mae popeth yn llithro trwy 'mysedd i...

28 Chwefror

MI WNAETH ANS ffonio heno a chrio a chrio, ac mi 'nes inna grio a chrio hefyd, ac roedd hi'n gofyn imi drosodd a throsodd, 'Dyma'r peth iawn, yndê?... Wyt ti'n deall?' O'n i'n deud 'y mod i, achos dwi *yn* deall pam 'i bod hi isio mynd: am mai dim ond un deg chwech oedd hi pan 'naethon ni gyfarfod, ac am 'i bod hi'n mynd i'r coleg, ac am nad ydi hi'n 'y ngharu i – dwi'n deall hynna i gyd. Ond tydi deall, yn anffodus, ddim yn golygu lot achos mae'n brofiad hallt ei cholli hi; dwi'n 'i cholli hi gymaint mae 'nghorff i i gyd ar dân. Unwaith ti'n gorffen efo rhywun, dyna fo wedyn, a phan wyt ti wedi bod mor agos â hynna at rywun ti'n sylweddoli bod 'na berson arall yn bodoli yn y byd.

Ar y ffôn heno, 'nes i ofyn iddi hi os base hi jyst yn siarad imi gael clywed ei llais hi, ac mi siaradodd hi ac mi wrandawes inna ar y llais oedd mor annwyl i mi. Doedd hi'm yn siarad am lawer o ddim byd, ond roedd jyst cael clywed 'i llais hi yn gysur, achos o'n i'n gwybod na fase ei llais hi mor annwyl imi unwaith y base blwyddyn wedi mynd heibio ac, ar ôl i 'nghalon i wella, y baswn i'n anghofio.

Ac roedd hi'n dal i siarad ac mi o'n i'n gallu blasu ei llais hi, ac mi o'n i isio teimlo fel hyn ynglŷn â hi, yn hallt, yn amrwd; mi o'n i'n ymdrabaeddu yn 'y nheimladau ac roedd o'n teimlo fel taswn i'n hollol, hollol fyw achos 'mod i ar benllanw 'nheimladau. Peth arall rhyfedd ydi 'mod i erioed wedi sylweddoli cymaint o fardd deallus a sensitif ydi Celine Dion.

Chwerwi a throi'n Stalker

6 Mawrth

O'N I'N TEIMLO MOR *SHIT* HENO es i i weld putain lawr yn Grangetown. Mi oedd 'n ffrind a minne wedi mynd am beint i'r Halfway, ac mi oedden ni'n siarad am buteiniaid ac mi ddeudes i nad oedd gen i ddim byd yn eu herbyn nhw. Doedd 'n ffrind i ddim yn coelio'r un gair ac mi ddeudodd o: 'Fasat ti byth yn mynd at un'. So mi gawson ni ffrae, ac mi ddeudes i y baswn i.

I lawr â ni i waelod Cathedral Road, lawr wrth Tudor Road, a phan aethon ni i gyfeiriad yr *embankment*, mi sylwon ni ar y butain 'ma oedd yn sefyll yn y cysgodion; roedd y risg yn anhygoel o ecseiting. So mi barcies i'r car ychydig fyny'r ffordd, ac ar ôl edrych o'i chwmpas dyma hi'n dod draw a dyma fi'n weindio'r ffenest lawr. *'Looking for business?'* medde hi yn *bored*. *'Yes,'* mynte fi, *'how much?'* Ac medda hi, *'£25 for full.'* *'OK then,'* atebes i.

O'n i'n teimlo 'chydig yn wirion erbyn hyn ac roedd 'n ffrind i wedi troi'n wyn fel shît ac yn amlwg yn dioddef o sioc. Dyma hi'n neidio mewn i gefn y car, ac yn dechre sgwrsio'n famol *'Where are you from then, boys?'* Roedd hi'n dipyn hŷn nag o'n i wedi'i feddwl i ddechre arni.

Dyma ni'n dreifio rownd y bloc a pharcio y tu allan i ryw dŷ wrth ymyl tafarn y Nelson ar yr *embankment*. A dyma fi'n ei dilyn hi at y tŷ, ar ôl i'n ffrind i wrthod dod mewn. Erbyn hyn ro'n i'n dechre teimlo 'chydig yn benysgafn ac yn dechre difaru.

'Have I seen you before?' medde hi ger y drws. *'Um, no I don't think so,'* medde fi. *'So many faces you see,'* medde hi gan stwffio'r goriad i'r clo, a dyma fi'n dechre teimlo'n od iawn.

Roedd y tŷ yn dywyll reit ac roedd 'na ryw wraig arall mewn *dressing gown* yn gwylio'r teledu a ffag yn ei cheg. Aeth honno fyny staer heb ddweud gair ac aethon ninne drwodd i'r stafell dywyll. Roedd y teledu ymlaen yn y gornel a theganau plentyn bach dros y llawr i gyd a soffa croen llewpart yn un gornel.

'Sit down. Relax!' medde hi wrth ddechre tynnu 'i dillad ffwrdd; faswn i'n teimlo'n fwy *relaxed* tasa Idi Amin o 'mlaen i. *'Um, I think I'd better go,'* mynte fi. Roedd hi'n sefyll o 'mlaen i'n borcyn erbyn hyn. *'You've got to pay!'* medde hi'n galed, tra oedd Trevor Macdonald ar y teledu yn darllen

y newyddion. *'Yes, yes,'* medde fi a rhoi tri deg punt yn ei llaw hi.

Mi edrychon ni ar ein gilydd am dipyn. *'Maybe you don't like girls,'* medde hi'n siomedig am ryw reswm. *'No it's just, it's...'* Roedd Trevor yn dal i baldaruo *'... and finally,'* medde fo. *'Well ta-ta, see you around,'* medde finne. Ro'n i'n methu meddwl am ddim byd arall i'w ddeud. Mi es i allan drwy'r drws a rhedeg i'r car. 'Ti 'di gorffen yn barod?' medde'n ffrind i oedd yn edrych fel tasa 'na gyfandir o forgrug yn 'i drowsus o.

22 Mawrth

'NAETH ANS A FI gyfarfod heddiw i roi pethe'n ôl i'n gilydd yn Arcêd y Castell. 'Naethon ni jyst ddeud helô wrth ein gilydd a mynd i gael paned. Fe roddodd hi 'y mhresant i o Baris imi – ysgydwr eira efo Tŵr Eiffel ynddo fo a dyddiadau. Mi ddiolches i amdano fo, ac wedyn dyma ni'n cerdded ar hyd y stryd.

Yn y car, ar y ffordd draw i'r Brifysgol, mi fues i'n gas iawn wrthi. O'n i'n methu stopio fy hun. Ro'n i wedi llwytho pob peth roedd hi erioed wedi rhoi imi mewn bag: seren aur papier mâché, mat llawr cotwm gwyn, oriawr ac ati, ac mi orfodes i hi i fynd â fo efo hi i'r cyfweliad yn y coleg, ac wrth imi ddreifio ffwrdd o'n i'n gallu 'i gweld hi yn y drych yn sefyll ynghanol y ffordd efo'i bagiau o'i chwmpas hi.

30 Mawrth

MI BIGES I SIÔN FYNY am 5.30, yn syth ar ôl gwaith, a bomio fyny i Aberystwyth, achos roedd gig Datblygu yno. Gig coffa i fachgen ifanc gafodd 'i ladd ym Mangor oedd o, ond do'n i'm yn 'i nabod o, yn wahanol i'r rhan fwyaf o bobl eraill oedd yno.

Roedd Porky's yn lle *brilliant* i gael gig, ac ro'n i'n edrach fel taswn i'n hysterical o hapus efo pawb tra 'mod i mewn gwirionedd yn hollol anhapus ac yn despret isio cael hyd i Angharad. Mi fues i'n siarad efo tipyn o bobol – Dewi a Llŷr a Siôn *Surfer* a phawb, ond doeddwn i ddim yn eu gweld nhw o gwbwl.

Ges i 'nghyflwyno i lot o ferched ifanc smart ond doedd gen i ddim diddordeb, do'n i'm yn gallu meddwl am neb arall, heblaw amdani Hi. Roedd ei henw Hi yn llenwi fy synhwyrau i. O'n i'n gofyn i bawb lle'r oedd Angharad, ond y cyfan ddeudon nhw oedd ei bod hi wedi mynd adre ac edrych yn *weird* arna i.

Mi benderfynes i fynd adre'n reit gynnar efo

Edward. A dyna lle'r oedd Ans yn eistedd ar fainc y tu allan i'r clwb yn snogio efo Dyfed, 'y nghefnder i. Roedd y bastad wedi dwyn 'y merch i! Roedd o'n snogio efo'n merch i! Tasa hyn wedi bod mewn ffilm, mi faswn i wedi rhoi clec iddo fo ond am ryw reswm doedd gen i ddim llawer o awydd.

'O'n i'n meddwl dy fod ti wedi mynd adre?' medde fi wrth Angharad, a dyma Dyfed yn cogio edrych yn *pissed* iawn. 'Fi'n mynd adre nawr,' medde hi. Mi edryches i arni hi'n ddirmygus, ac yna cerdded yn ôl i dŷ Ed.

Ges i stafell wag, foel i gysgu ynddi hi efo un fatres a dim byd arall, felly mi rois i 'nghot o dan 'y mhen a gorwedd. Roedd y stafell yn troelli rownd a rownd. Ges i hunllef yn y nos, 'mod i'n cerdded ar ffordd lan-môr trwy bentref braf, ac am ryw reswm mi o'n i'n gwisgo dillad rhedeg gwyn, henffasiwn. Roedd hi newydd fod yn bwrw, ac yn sydyn iawn dyma 'na gar yn pasio heibio a bachgen ifanc yn gyrru ac Angharad yn sêt y *passenger* yn chwerthin yn hapus. Dyma hi'n edrych arna i wrth i'r car fynd lawr y ffordd, ac mi ddechreues i redeg ar ei ôl o. Ond ro'n i'n methu'n lân â chadw i fyny efo'r car ac mi o'n i'n gweiddi 'Angharad!' a doedd 'n shorts bach gwyn i yn ddim help o gwbwl.

Mi ddeffres i yn chwys oer, ac roedd Ed Evans a'i frawd, Gary, yn sefyll uwch 'y mhen i yn edrych lawr arna i yn y gwely. 'Ti'n olreit?' gofynnodd Edward yn dawel. 'O't ti'n sgrechen rhywbeth,' ebe Gary yr un mor dawel; roedd y ddau ohonyn nhw'n edrych yr un ffunud â'i gilydd ac roedd o'n brofiad sbwci iawn. 'Ydw, dwi'n iawn,' medde fi, ond ro'n i'n methu cysgu wedyn.

Am chwech o'r gloch mi es i draw i'r Blac i drio deffro Al bach, achos o'n i i fod i roi lifft yn ôl i Siôn i Gaerdydd. Mi fues i'n dyrnu drws y Blac am ryw ddwy awr tra oedd lot o lorris y cyngor yn gyrru heibio. Yn y diwedd, dyma Al yn taro'i ben drwy ffenest ei lofft a gweiddi, 'Beth ti mo'yn?' Roedd o heb weld Siôn ers tua deg o'r gloch y noson cynt, a doedd neb yn gwybod lle'r oedd o. So mi es i lawr i Gaerdydd hebddo fo a 'mhen yn llawn o gachu.

21 Ebrill

MI FUES I YM MANGOR drwy'r dydd yn sgwennu'r ddrama gachu 'ma efo Gwyddfid Evans, actores wych o fanic ac anhygoel – a Ben, hogyn o Maesgeirchen. Mae gan y tri ohonon ni syniadau gwahanol ynglŷn â sut ddrama dylai hi fod – mae Gwyddfid isio gwneud drama arswyd, mae Ben isio gwneud *comment* ar galedi ac annhegwch y gymdeithas gyfoes, a dwi isio gwneud comedi. Mae'r ddrama yn swnio fel 'chydig bach o boitshi-poitsh a deud y gwir – dwi'n rîli difaru dechre'r holl beth.

Roedden ni wedi bod yn gweithio drwy'r dydd mewn stafelloedd ymarfer theatrig lawr wrth y Fenai, ac amser brêc aeth Ben a fi i fyny i'r stafell lle mae'r holl ddillad drama yn cael eu cadw. Mi fuon ni'n trio *bowler hats* a phob math o bethau eraill; roedd Ben yn edrych yn ddoniol iawn mewn *feather boa*.

Mi drefnes i gyfarfod Ben yn y Kings Head yn nes ymlaen y noson honno ac mi es i â Gwyddfid i'r Taverna ym Mangor Uchaf i gyfrafod Clive Rees a'i wraig a'i ferch fach. Dwi'n rîli licio Gwyddfid, mae hi'n hollol manic; ac yn gwneud i'r lleill edrych yn hollol anniddorol. Aethon ni i eistedd fyny staer yn y Taverna a bwyta *humous* a siarad am wyliau a llefydd teithio ac yn y blaen. Roedd y sgwrs yn llawn rhodres pobl drama, ac mi oedd 'na rywun ar y piano lawr staer yn chwarae'n wallgo o uchel trwy'r pryd bwyd ar ryw gyflymdra oedd yn ymylu ar yr abswrd.

Es i lawr ato fo cyn cychwyn ar y pwdin achos roedd y sŵn yn rhoi diffyg traul imi, a phwy oedd o ond David Lyme, gynt o'r grŵp Nid Malvinas – albino anhygoel efo gwallt hir at ei sgwyddau a llygaid lloerig. 'Ti o Nid Malvinas yn dwyt?' medde fi, ond dyma fo jyst yn sbio'n od arna i a rhoi rhyw 'O *God,* pwy 'di hwn?' math o ochenaid, so ches i fyth ffeindio allan be oedd o'n 'neud yno achos y diwetha glywes i, roedd o wedi mynd i'r brifysgol yn Leicester.

O'n i wrthi'n mynd fyny staer yn ôl at y bwrdd pan glywes i lais rhywun yn gweiddi 'Owain!'. A phwy oedd yno ond Arwel Bangor, Arwyn, y boi 'ne sy'n canu i Kipper, a Siân, a dyma Arwel yn gwneud be mae o'n 'i 'neud bob tro mae o'n 'y ngweld i, sef neidio amdana i a lapio'i goesau o 'ngwmpas i fel 'mod i'n gorfod 'i gario fo ar draws y tŷ bwyta.

O'n i'n cael rial sgwrs dda efo pawb am grwpiau pop ayyb pan gofies i'n sydyn 'mod i i fod i gyfarfod Ben. Mi esgusodes i'n hun a deud helô wrth Morfudd Jones oedd yn eistedd efo rhyw foi wrth y drws cyn mynd allan.

Wrth imi ruthro lawr Ffordd y Coleg i'r dre, o'n i'n meddwl am Morfudd pan oedd hi'n artist yn y slym bedsit hwnnw oddi ar Newport Road yng Nghaerdydd, a gymaint ro'n i'n arfer ei ffansïo hi.

Roedd Ben a'i holl ffrindiau o Fangor yn y stafell pŵl fyny staer yn y King's Head. Rhyw gang gothig iawn yr olwg oedden nhw: un hedar mewn crys siec a gwallt sbeici; boi witi oedd yn deud 'i fod o am fynd 'nôl at ei gariad bob dau funud i roi *shag* iawn iddi; un boi bach ffyni efo gwên barhaol yn sôn am y grŵp pop roedd o'n drymio iddo fo, a'r cwpwl 'ma yn y gornel oedd yn snogio trwy'r amser – y fo mewn trowsus lledr du a chrys-T tyn du a'r ferch â gwallt du hir mewn *crushed velvet*.

Roedd 'na wraig y eistedd wrth yn ymyl i ac roedd hi'n amhosib deud faint oedd 'i hoed hi, ond roedd hi'n edrych yn reit *slapperish.* Mi fues i'n siarad efo hi am ba mor hir oedd y ddau yn y gornel yn gallu snogio. Roedd y criw yma i gyd yn nabod i gilydd yn reit dda. Roedd yna un boi hirwallt oedd isio ffrae a dyma fo'n dechre deud pethe bygythiol wrtha i, so mi ddeudes i wrth Ben o dan 'y ngwynt 'mod i'n mynd i roi slap iddo fo. Ond un fel'na oedd o, medde Ben.

Ar ôl hir a hwyr, dyma'r criw i gyd yn cerdded fyny drwy Fangor, i fyny'r llwybr at Safeway, ac roedd pawb yn tynnu ar 'i gilydd lawr at y Fenai achos roedd 'na si fod yna rêf yn digwydd yno. I lawr hen ffordd dywyll â ni at lle'r oedd yr hen bwll nofio, ac roedd hi'n ddu bitsh a'r holl ffordd lawr mi fues i'n siarad efo pawb yn y criw heb wybod efo pwy o'n i'n siarad yn iawn. Roedd o'n brofiad rhyfedd – fel bod yn ddall, weithie'n siarad efo merch â llais melfedaidd, wedyn efo rhyw fachgen bach coci, ac wedyn efo Ben, achos o'n i'n nabod 'i lais o.

Mi fues i'n cerdded fel hyn am ryw ugain munud ac ro'n i'n teimlo'n hollol *spaced* erbyn y diwedd. Doedd 'na ddim rêf yno, felly mi aethon ni fyny i Bryn Ifor, tŷ Ifor Lake a Reed. Un o hen dai uchel Bangor Uchaf oedd y tŷ, ar Ffordd y Coleg, ac ar ôl i bawb sgramblo fyny staer fudr efo hen bapurau a phacedi plastig gwag *bog rolls* ar hyd'ddo dyma ni'n cyrraedd y parti oedd ar yr ail lawr.

Roedd Arwel Huw yn syrfio cwrw y tu ôl i'r bar 'ma oedd yn edrych fel bar tafarn, efo pymps a phopeth, ac roedd y stafell yn llawn o bobl: stiwdants, gwerthwyr cyffuriau o Fangor, Reed, Fiona a Nia Rhuthun. Ro'n i heb weld Nia ers inni fod yn y Majestic ryw ddwy flynedd ynghynt, hogan fach gwallt melyn, llachar a llygaid glas ydi hi, *baby face* efo bronnau anferth. 'Nes i falu cachu ynglŷn â pha mor bwysig ydi barddoniaeth efo hi.

Roedd Peredur a'i ffrind gwallgo, Iwan, yno hefyd; mae gynno fo wyneb slip a cheg fawr a dyma fo'n gwneud 'i Jimmy Hill *impression* i Ben, ac mi chwarddodd Peredur yn uchel ac yn wirion yn union fel 'naeth o pan 'naeth Iwan yr union un *impression* yn y Cnapan ddwy flynedd yn ôl. Roedd y parti'n dechre mynd lawr allt ac roedd y *birthday boy*, Ifor Lake, wedi syrthio i gysgu mewn cadair gyfforddus. 'Pen blwydd hapus, Ifor,' medde fi, ond ddeudodd o ddim byd.

Es i, Peredur, Nia Rhuthun, Ben a Dave lawr staer ac aros y tu allan i'r tŷ yn trio meddwl be i 'neud nesa, ac ar ôl 'chydig dyma 'ne hipi efo *dreadlocks* yn cerdded heibio yn cario rhyw offeryn hir o bren, Affricanaidd yr olwg. Mi sbies i arno fo a dyma fo'n deud, *'Have a peaceful night, man'* a diflannu mewn i'r tŷ drws nesa.

Roedd 'na gerddoriaeth uchel yn dod o'r tŷ felly dyma ni i gyd yn cerdded i mewn trwy'r drws agored a rhedeg fyny staer. Roedden ni wedi cyrraedd yr ail lawr pan ddaeth yr hipi allan o ryw stafell yn ei bants ac edrych fel tasa fo wedi cael sioc farwol. *'What the hell do you think you're doing?'* medde fo. *'We've come to the party,'* medde fi. *'What... what?'* a dyma fo'n dechre edrych yn *pissed off*. *'Get out, man... this is a private party, get out.'*

A dyma pawb jyst yn sefyll ac edrych arno fo. Roedd ganddo fo fathodyn gwyneb hapus, melyn efo'r gair *'Freedom'* ar ei siaced, so dyma Nia Rhuthun yn deud, *'Don't you believe in freedom and love?'* Roedd o'n amlwg nad oedd o, achos dyma fo'n dechre sgrechian, *'Get out of my house, man... do you want me to throw you out?'* Roedd hyn yn dipyn o laff o ystyried bod dau labwst fel Ben a Dave yn ei wynebu o ac o'n i'n gallu gweld Dave yn dechre ystyried y posibilrwydd braf o gael ffeit. Ond yn y diwedd dyma pawb yn chwerthin achos bod yr hipi 'ma mewn cymaint o stâd a dyma ni'n rhedeg allan o'r tŷ.

Aeth Dave adre wedyn gan ein hatgoffa ni i gyd am y tro olaf ei fod o'n mynd i shagio ei fusus. Felly mi wnaeth Ben, Peredur a minne ddilyn Nia i ryw barti lawr ar Ffordd Ffarar – wel dilyn ei bronnau hi a deud y gwir; roedd Nia yn dechre ffansïo Peredur, ond mi fues i'n siarad efo hi am ba mor braf ydi llamu mewn i wrychoedd bocs.

Roedd y parti yn y tŷ cyngor ar dop Ffordd Ffarar yn *weird* iawn. Roedd 'na gwpwl ychydig yn hŷn yn snogio yn y dreif, dau ffarmwr o'r Bala, un hogan, a'r tri ohonon ni. Aeth Ben drwodd i'r stafell fyw at y ffermwyr ac aeth Peredur a fi drwodd i'r gegin oedd efo papur wal ffrwythau drosti i gyd. Aethon ni'n ecseited iawn efo'r ffrwythau 'ma a dyma Peredur yn dechre ffantaseiddio mai bronnau oedden nhw i gyd, so dyma ni'n dechre ffondlo'r papur wal cyn i ferch o'r enw Ffion ddod mewn a rhoi row inni.

Roedden ni wrthi'n tynnu coes Ffion yn wyllt a thrio'i chloi hi yn y pantri pan ddaeth un o'r ffermwyr i mewn, croesi ei freichiau ac edrych arnon ni'n fud fel tasa fo'n rhyw *sumo wrestler*. Benderfynes i a Ben – oedd wedi cael sgwrs hynod aflwyddiannus efo'r josg arall am y theatr yng Nghymru – ei bod hi'n bryd gadael, achos roedd Ben yn benderfynol o fynd i'r rêf 'ma roedden ni wedi methu 'i ffeindio.

Roedden ni wrthi'n cerdded fyny'r lôn heibio Safeway, pan welson ni Damien o'r grŵp pop, Colledig, yn sefyll y tu allan i dŷ a drws lliw coch *weird* iddo fo; mi siaradon ni am 'chydig a wedyn dyma fo'n 'n gwahodd ni i mewn. 'Naethon ni ddim aros yn hir achos parti reu oedd o – yr *usual* stafell dywyll yn llawn o hogia yn smocio ac yn deud dim byd a'r *telly* 'mlaen yn y gornel; *boring as fuck*.

Pan es i fyny i'r toilet i gael *piss*, roedd 'na foi o'r enw Gavin – dwi'n hanner 'i nabod o – yn eistedd yn ei lofft yn chwarae efo'i *Starfighter Star Wars*, a dyma fo'n gweiddi arna i, 'Hei ty'ma!' Roedd o isio dangos y pyped newydd roedd o 'di gael ar ei ben blwydd – rhyw fodel o sowldiwr – ac roedd o'n gallu gwneud i'r pyped 'ma ddawnsio'n wych ar y gwely. Roedd o'n hymian wrtho'i hun wrth chwrae efo fo, ac mi fues i'n chwarae efo'r *Starfighter* a dychmygu'n hun yn hedfan ynddo fo drwy'r gofod.

Roedd yr hogs yn deud fod yna rêf 'mlaen yn deffinet. So ffwrdd â Ben a fi i gyfeiriad y Fenai unwaith eto. Roedd Ben wedi dechre teimlo'n llwglyd iawn erbyn hyn, felly ar y ffordd mi alwon ni mewn i'r siop cebab.

Roedd sefyll yn y ciw yn *boring* iawn. Tra oedden ni yno, mi welson ni ddrws efo *'Private'* arno fo, a chyn meddwl roedden ni wedi mynd drwyddo fo ac i lawr staer i seler y *kebab shop* 'ma oedd yn llawn bagiau reis, a chyrris anhygoel yr olwg – silffoedd ar silffoedd ohonyn nhw. Benderfynon ni fachu cwpwl o bacedi o *curry paste* diddorol, ac ro'n i wrthi'n ystyried be i'w 'neud ynglŷn â'r reis brown pan agorodd y drws ar dop y staer a dyma'r Iraqi anferth 'ma'n dod lawr efo bwyell fach yn 'i law; o'n i'n cachu brics.

'What are you doing, you stupid bastards?' medde fo mewn acen dramor gre' a dyma Ben yn dechre cogio'i fod o'n uffernol o *pissed* a dyma fi'n *follow suit* ond dwi ddim yn actor da iawn. O'n i'n meddwl bod 'y niwedd i wedi dod a 'mod i mewn peryg o gael 'y nhroi yn cebab fy hun, ond rywsut 'naethon ni shyfflo heibio'r boi 'ma ac yn ôl fyny'r staer.

Pwy oedd yno ond brawd Ben a chwpwl o gefnogwyr eraill Bangor City, ond roedd Ben yn teimlo'n sâl ac fe ruthrodd o allan, a dyma'i frawd o'n gofyn imi, *'What have you done to him?'*

Pan es allan o'r *kebab shop* roedd Ben ar y llawr yn chwydu, a dyma 'ne ryw stiwdant yn cerdded heibio a dechre chwerthin. Cododd Ben ar 'i draed a dechre gweiddi ar y boi yma, *'You student wanker'*; roedd 'ne olwg yr *hell* arno fo.

Beth bynnag, fe gerddon ni lawr Ffordd y Coleg a dechre clywed y rêf yn y pellter. Dyma ni'n cerdded lawr y cae 'ma, ac roedd 'na rywun arall efo ni hefyd oedd yn nabod Ben ond doedd gen i ddim syniad pwy oedd o. Roedd y thymp, thymp yn agosáu ac roedden ni i gyd 'chydig bach yn dawel achos roedden ni wedi bod yn gweiddi ar gwpwl o ferched oedd o'n blaenau ni, ond pan ddaethon ni'n agosach, *lads* oedden nhw, ac roedden ni 'chydig bach yn embarasd.

Erbyn inni gyrraedd y coed uwch y Fenai, roedd sŵn y rêf yn fyddarol, ond doedd 'na ddim goleuadau ac roedden ni'n cerdded lawr ar hyd y llwybr cul 'ma drwy'r coed efo miloedd o bobl eraill o bob lliw a llun, Saeson, pobl leol, *kids*, dynion, genod smart, drygis. Wrth gwrs, roedd hi'n hollol dywyll, felly doeddet ti ddim yn gweld neb yn iawn, jyst cael cip ar eu cysgodion nhw a chlywed eu hebychiadau nhw a'u hanadlu nhw, a hanner disgwyl y gyllell unrhyw funud.

Mi golles i Ben a'i ffrind erbyn cyrraedd y rêf. Y cyfan oedd o oedd Metro wedi'i barcio, a system sain enfawr ynddo fo, a channoedd o bobl yn dawnsio ar lan y Fenai. Roedd 'na lwyth o gyffuriau yn cael eu gwerthu gan hogan smart allan o ffenest VW Camper, ac roedd 'na 'chydig o olau, jyst digon i weld wynebau pobl, weithie. Roedd pawb yn edrych yn hyll iawn. Roedd y sŵn yn uchel ac yn ffrantig, ac roedd o'n edrych fel uffern ac achos 'mod i heb gymryd dim byd. Roedd o'n erchyll.

Yn y diwedd, mi gerddes i adre ar 'y mhen fy hun, a phenderfynu mynd trwy'r Coleg Normal. Ar y lawnt rhwng y ddwy neuadd breswyl roedd 'na griw bach yn eistedd ar y gwair: Linda Fry a rhyw foi, a rhyw hogan â gwallt du yng nghôl Linda Fry yn beichio crio. Dyma nhw'n sbio arna i fel taswn i wedi torri ar draws rhyw funud bwysig, a 'nes i ddim deud dim byd jyst cerdded heibio, ac edrychodd y ferch â gwallt du arna i'n ddig efo'i llygaid yn llawn dagrau.

22 Ebrill

DDEFFRES I TUA PHUMP O'R GLOCH a dreifio lawr i Aber; roedd pob man yn edrych mor brydferth dan olau glas y wawr, heibio Pen-y-groes, a Port, a Machynlleth, a Chors Fochno yn edrych fel rhyw wlad ramantaidd, Eidalaidd o gyfnod y Dadeni. Diwrnod anhygoel a diwrnod hollol gachu rwtsh ar yr un pryd.

Ro'n i wedi torri 'ngwallt yn smart, wedi gwisgo mewn denim glas i gyd, wedi perarogli'n hun allan o bob rheswm. O'n i wedi bod yn seicio'n hun am oriau. Hwn oedd y diwrnod ro'n i am fynd allan o'n ffordd i ennill Angharad yn ôl, a wir 'nes i drio mor galed, o'n i'n gwybod 'mod i'n edrych yn dda a do'n i erioed wedi bod mor ffyni a *charming* – o'n i'n bendant sicr 'mod i'n mynd i lwyddo i'w chael hi'n ôl.

'Nes i gyfarfod Ans ar sgwâr Tal-y-bont ac roedd hi'n edrych yn gorjys. Ar ôl rhyw ddeg munud, dyma Claire – ffrind Ans sy'n gweithio yn Boots – a Chris, ei chariad bach doniol hi o

Gaeredin.

Gawson ni daith *brilliant* draw i Sheffield; 'naethon ni siarad yr holl ffordd. Aethon ni ar goll ym Manceinion, ond dyma rhyw foi mewn Sierra gwyn yn deud wrthon ni am 'i ddilyn o, a dyma fo'n dechre mynd â ni lawr rhyw strydoedd *dodgy* iawn yr olwg. Duw a ŵyr pa ffordd aethon ni, ond mi aethon ni reit ar draws canol Manceinion – ac yn y diwedd dyma fo'n pwyntio allan pa ffordd i fynd, so dyma Ans yn neidio allan o'r car a rhoi'r hen flodyn haul defnydd o'n i bob amser yn 'i gadw yn y Peugeot iddo fo. Aethon ni dros y rhostir rhwng Manceinion a Sheffield, trwy Crowden, Midhopestones, Deepcar, Oughtibridge – pentrefi budr yr olwg. Roedd pob man yn edrych fel tasa'r diciâu yn dal yno.

Aethon ni mewn i Sheffield a stopio mewn rhyw byb i gael bwyd ac mi ges i'r *Yorkshire pudding* mwyaf imi erioed 'i weld. Mi ddwynes i gap Ans am laff, ond roedd hi'n edrych yn *pissed off* iawn. Aethon ni mewn i'r dre ac mi fuon ni'n dreifio rownd a rownd y canol yn chwilio am hotel. O'n i'n uffernol o *stressed*, achos ro'n i wedi deud wrth Ans y basa angen archebu lle ymlaen llaw, ac roedd yr hotels i gyd yn llawn efo naill ai ffans Oasis neu ffans rhyw gêm rygbi oedd yn cael ei chwarae rhwng Castleford a Widnes, ac ro'n i ar fin cael damwain.

Yn y diwedd dyma'r dyn yn yr hotel 'ma'n deud wrthon ni am y lle 'ma o'r enw Fairways wrth ymyl Rotherham, ac ar ôl hir a hwyr dyma ni'n cyrraedd yno.

Tŷ brics newydd sbon danlli mewn pentref bach oedd o efo lle parcio o'i gwmpas o i gyd; dim ond dwy stafell oedd ar ôl. Roedd o'n rhad iawn, wrth lwc, ac yn agosach i'r Arena na Sheffield. Mi ddiflannodd y *stress levels* unwaith 'naethon ni hitio'r bar lawr staer. Roedd 'na ddwy hogan arall yno efo'i gilydd yn ffans i Oasis, a chwpwl o bobl y pentref yn propio'r bar.

'Naethon ni drio siarad efo'r ddwy hogan ond mi roedden nhw'n reit swil, ac roedd Ans wedi dechre byhafio'n *weird* iawn ar ôl ffeindio allan 'i bod hi'n gorfod rhannu'r un stafell wely â fi. Roedd hi wedi dechre f'anwybyddu i so o'n i'n dechre teimlo'n anghyfforddus. Es i at y bar a chael sgwrs reit hamddenol efo'r *locals* oedd yn anhygoel o glên. Roedd un boi wedi 'i wisgo fyny mewn dillad *country and western*, stetson a chwbwl, achos roedd o'n mynd i roi cyngerdd yn y Fairways y noson honno ac mi bwyntiodd o at boster ohono'i hun ar y wal yn gwenu. Sonies i wrtho fo bod gan 'y mrawd i grŵp, a dyma fo'n deud wrtha i y basa'n rhaid i'r grŵp ddod fyny i'r Fairways i chwarae, ac mi aeth ymlaen i egluro sut y basa fo'n trefnu'r gig. Roedd pawb o'i gwmpas yn nodio eu pennau mewn cytundeb –

hyd yn oed y boi y tu ôl i'r bar. Erbyn hyn, bob tro o'n i'n siarad, roedd Angharad yn deud rhywbeth cas neu ddirmygus amdana i – roedd y sgwrs 'chydig bach yn ara.

Ond erbyn inni gyrraedd yr Arena o'n i'n teimlo reit chwil, ac roedd y pybs o gwmpas yn llawn dop o bobl. Mi gafodd Chris a fi sgwrs efo rhyw ddau foi o Leeds ynghylch pob math o bethe, gan gynnwys *Yorkshire puddings*. Erbyn inni ffeindio'r genod roedden nhw'n sgwrsio ffwl sbid efo criw o ryw hogiau salw yr olwg oedd yn tyngu 'u bod nhw'n arfer bod yn yr ysgol efo Oasis.

Do'n i'm yn credu'r peth o gwbl, ond roedd hi'n amlwg bod y ddwy ohonyn nhw wedi llyncu pob gair. *'Is that your girlfriend?'* gofynnodd un boi oedd yn edrych fel ellyll. *'Yes,'* medda fi'n gelwyddog a dyma fo'n edrych arna i'n genfigennus iawn, *'She's a fine looking woman,'* medde fo. Jyst imi hitio fo yn y fan a'r lle.

Roedd Chris a fi yn chwil gachu pan gerddon ni fyny at yr Arena, ac ar ôl i ryw swyddog ddeud wrthon ni bod ein tocynnau ni y tu ôl i'r drws gwyrdd, dyma ni'n dau yn dechre sgrechian canu, *'Behind the green door...'* – hen gân Shakin' Stevens, ac roedd pawb yn edrych yn rhyfedd arnon ni, ac roedd popeth yn dechre edrych yn braf o *blurred*. Wrth inni gerdded at ein seti dyma 'ne ryw foi yn galw Chris yn *wanker*, a dyma Chris yn troi rownd a gofyn iddo fo, *'Why did you call me that?'* a doedd y twat ddim yn gwybod be i'w ddeud ac roedd o a'i ffrindiau yn cachu eu hunain.

Roedd Oasis yn wych. Roedd yr Arena yn llwyd ac yn anferth ac roedd 'ne ryw naws gyntefig i'r lle ac roedd Ans yn dawnsio'n hapus. Ond ro'n i'n methu stopio teimlo'n drist, ac roedd o'n deimlad ffantastic i fod yn hollol anhapus ynghanol y stadiwm dywyll, anferth yn llawn o sŵn gitârs trydan a sgrechiadau merched ac o'n i'n meddwl am eiriau can Oasis, *'Yer music's shite, it keeps me up all night.'*

Es i'n hollol boncyrs yn yr hotel. 'Nes i siarad efo Ans drwy'r nos, deud wrthi be o'n i'n feddwl ohoni, 'i bod hi'n hunanol a chas. 'Nes i 'i chymharu hi efo'r hogan oedd hi'n gasáu fwya yn yr ysgol. 'Nes i wisgo ei hoff grys Oasis hi, 'nes i ddeud cymaint o bethau o'n i'n gallu i'w brifo hi a wedyn dyma ni'n dechre lluchio pethe at 'n gilydd. Ac efo pob insylt, ro'n i'n casáu fy hun fwy a mwy a mwy.

Ar y ffordd 'nôl y diwrnod wedyn 'nes i ofyn os base hi'n gafael yn fy llaw i, a dyma hi'n ateb, 'Ar ôl beth ti 'di 'neud i fi neithiwr?'

Dwi 'di troi mewn i *psycho stalker;* fasa'n well taswn i wedi mynd i weld y boi *Country and Western* 'ne yn y Fairways.

6 Mai

SESH EFO MARC, LLYWELYN, A LLŶR yn Aber. 'Nes i drio 'ngore i beswadio fy hun 'mod i'n mynd i gael sesh hwyliog efo'r *lads*, ond chwilio am Ans o'n i. Doedd 'na ddim lle i aros yn nhŷ Seimon yn Mach, so mi es i aros at Mrs.Davies. O'n i wedi cael ei henw hi gan Fwrdd Twristiaeth Canolbarth Cymru; roedd ganddi gest-hows ym Machynlleth. Roedd y cyfar gwely yn lliw tyrcwois, ond ges i frecwast mawr – sosejis, bîns, cornfflêcs ac mi ges i glywed am ei theulu hi, a'i gŵr hi, ac am yr amser roedd hi'n arfer rhedeg yr hen ysgoldy yn Mach.

Roedd hi'n siarad andros o lot achos, yn amlwg, roedd hi'n methu gweithio allan pam ddiawl o'n i'n aros ar 'y mhen fy hun mewn gest-hows ym Machynlleth ym mis Mai. O'n i'n teimlo fel rhyw leidr ar y ryn ac mi fues i'n pondro sut beth fyddai byw fel hyn am byth, o un gest-hows i'r llall.

Ar ôl ffarwelio mi ddreifies i draw i dŷ Seimon, hen ficerdy mawr ar gyrion Machynlleth. Roedd hi'n ddiwrnod anhygoel o braf, ac roedd mam Sei yn yr ardd yn torri gwair. Aeth Sei a fi fyny i'r boncyn i eistedd o dan y coed tal ynghanol môr o glychau'r gog. Roedd yna tua deg o blant bach o'r stad tai cyngor yn rhedeg o gwmpas yn casglu'r blodau, pob un efo bwnshiad oedd bron mor fawr â nhw eu hunain.

Aeth Seimon i'r tŷ i 'neud rhywbeth so mi orweddes i ar 'y nghefn yn y blodau a sbio fyny ar yr haul trwy ganghennau'r coed. Mi gaees i'n llygaid a fedrwn i ddim clywed y plant. Ar ôl tipyn mi glywes i ryw siffrwd yn y blodau ac mi agores i'n llygaid; roedd 'na bump plentyn bach yn sefyll o 'nghwmpas i yn edrych lawr arna i'n syn. Ddeudon nhw ddim gair.

Yn y pnawn aeth Sei a fi draw at y stesion a chyfarfod pawb arall oedd yn dod lawr efo ni: Gareth a Dewi, y ddau syrffar cŵl o Bennal, rhyw hogyn efo *ponytail* a llygaid mawr du o'r enw Tom oedd yn gweithio yn y Ganolfan Dechnoleg Amgen, a rhyw hogan anhygoel o slagi yr olwg efo sgert fer a bag clwb ar ei chefn.

Mi aethon ni ar y trên, ar hyd yr arfordir, ac ar draws corstir Dovey Junction. Roedd Tom yn siarad am y ganolfan, ac roedd Chloe yn mynnu tynnu popeth allan o'i bag gan gynnwys condoms a chloc larwm, '*Just in case I have to stay in Aber tonight,*' ebe hi'n tarty; mi ddalltodd pawb be oedd ei phwynt hi!

Pan gyrhaeddon ni Aber, mi es i i gyfarfod Edydd Abercegir a Tracy ar Heol Alexandra; roedd hi'n anhygoel o braf ei gweld nhw. Mi drefnes i i gyfarfod Sei yn nes ymlaen, ac i ffwrdd â ni'n tri i CP's am ddrinc.

O'n i'n reit *pissed* ar ôl bod yno. Mi aethon ni i gerdded ar hyd y ffrynt, ac o'n i'n benderfynol o blannu rhyw frigyn gwrych oedd gen i yn fy llaw so mi ddringes i dros wal rhyw westy a ffeindio rhyw gornel fudr, dywyll wrth y wal. Roedd y ddaear yn galed ac roedd Edydd a Tracy yn dechre mynd yn *bored*. Munud nesa, dyma Edydd yn peintio'n llaw i efo paent du roedd o 'di'i ffeindio y tu ôl i'r sied 'ma. O'n i'n anhygoel o *pissed off* felly dyma fi'n rhedeg i doilets y *public shelter* i gael y paent i ffwrdd, ac mi ffeindies i'r *toilet attendant* 'ma yn eistedd ar ei ben ei hun mewn stafell ddi-ffenest fyny staer. Pan ddes i mewn, mi gaeodd o ddrws ei stafell, a dyma fi'n meddwl, O'r truan bach! mae'n rhaid 'i fod o isio sylw; felly dyma fi'n cnocio ar y drws a gofyn rhywbeth iddo fo ond 'naeth o ddim agor y drws nac ateb... am *weirdo*.

Pan ddois i allan roedd Edydd a Tracy yn dal i sefyll yno. Mi gerddon ni draw i'r *Bear* am beint, a phwy oedd yn eistedd yno ond Angharad a Menna; ro'n i'n teimlo'n anhygoel o hapus so mi aethon ni i eistedd atyn nhw. Dechreuodd Ans slagio-off 'y mhymps newydd i. O'n i'n meddwl 'u bod nhw'n reit cŵl, ond rhaid 'mi gyfaddef roedden nhw'n fwy o *boat shoes* na phymps. Roedd hi'n mynnu sôn am amser mor dda roedd hi'n 'i gael, a bob tro o'n i'n trio deud rhywbath am be o'n i 'di bod yn 'i 'neud roedd hi'n switsio ffwrdd.

Yn y diwedd, benderfynon ni fynd i'r Seabank, i'r lownj. Doedd 'na neb arall yno. Gawson ni sgwrs *serious* am ryw a marwolaeth, a pham oedd Angharad yn actio fel roedd hi. Roedd y sgwrs mor *serious* nes i ni ddechre piso chwerthin. Doedden ni ddim yn sylweddoli faint oedden ni'n yfed; mi rois i *piggyback* i Edydd at y bar a dyma ni'n syrthio drosodd ond doedd y boi bar ddim yno beth bynnag felly dyma ni'n helpu ein hunain i fwy a mwy o gwrw. Roedd hi'n dal yn braf pan aethon ni allan, ac mi aethon ni lawr at y traeth a chael sgwrsys gwallgo bost a thrio yfed y cerrig bach ar y traeth mewn gwydr peint.

Es i i gyfarfod Sei yn y Bear wedyn, a dyma ni'n dechre malu cachu efo'r ddwy hogan 'ma o Mach. Yn sydyn iawn, pwy ddaeth mewn efo rhyw hogyn golygus iawn ar ei braich ond Angharad, a dyma'r ddau ohonyn nhw yn dod i eistedd reit wrth yn ymyl i a dechre snogio'n wyllt. Roedd 'y nghalon i'n rasio fel peth gwirion, a rhwng snogs dyma Angharad yn dechre edrych arna i a gwenu; so mi es i allan. Ond do'n i'm yn gallu credu'r peth. Mi ddilynes i'r ddau ohonyn nhw drwy'r nos – cuddio mewn corneli, sbio arnyn nhw, stelcian. Roedd Angharad yn trio mor galed efo'r boi yma, ac o'n i'n gwybod mai *rat* oedd o, ond mi oedd o mor olygus... o'n i'n ferw gwyllt o deimladau. Yn y diwedd mi ddaeth Ans i mewn i'r Glen a deud wrtha i 'i fod o i gyd drosodd a gofyn faswn i'n gadael llonydd iddi hi.

Es i'n ôl i ryw B&B ar Cambrian Street achos o'n i ddim awydd tacsi 'nôl i Mach. Roedd tipyn o bobl y rali ceir yn dal ar eu traed ond mi es i fyny i'r llofft a gorwedd ar 'y nghefn a syllu ar y nenfwd. Ar ôl oriau o ddilyn patrymau od y to dyma fi'n estyn am yr *hairdryer* a saethu fy hun efo gwres cynnes.

Lynda, a chyfarfod Alex

20 Mai

BLYDI HEL! am ddiwrnod hollol *mindblowing!* Diwrnod gore 'y mywyd i hyd yma – yn hawdd. Aeth Marc a fi draw i gael cinio yn yr Happy Gathering, oedd yn reit *decadent,* ac wedyn mi aethon ni i'r bwci ar Cowbridge Road am dipyn a cholli lot o bres. Ar ôl hynny, dyma'r yfed yn cychwyn – Westgate i ddechre arni. Aethon ni i chwarae *skittles* yn y cefn, ond ro'n i mor *pissed* ar ôl tua awr roedd y peli pren yn mynd i bob man ac yn methu'r *skittles* yn llwyr. *God knows* pwy 'nillodd; o'n i'n tynnu lluniau o wynebau hapus ar y sgorfwrdd ar ôl tua ugain munud.

Ar ôl meddwi'n gachu fan'na, aethon ni 'mlaen i'r Millers Arms ar y Taff Embankment, y dafarn fwyaf ryff imi fod ynddi erioed. Mi 'naeth 'na ddau foi o Tudor Road ddod mewn a dyma ni'n chwarae pŵl yn 'u herbyn nhw am bres – a'i golli fo i gyd. Roedd y ddau ohonyn nhw yn gymaint o stereoteips o bobl ddu oedd yn siarad yn *jivi* ac yn symud yn *smooth*. Mi ddaeth yr un ifanc i eistedd ata i. Roedd o'n dywyll iawn efo beret ar ei ben a rhuban aids ar ei jaced. Dyma fi'n deud wrtho fo am Datsyn a'u bod nhw'n chwarae yng Nglwb Ifor, ac mi ddeudodd o wrtha i 'i fod o'n asiant cerddorol ac y galla fo fynd â Datsyn yn bell; ond do'n i ddim yn 'i goelio fo.

Wedyn mi gerddon ni i'r dre ar hyd Tudor Road, ac roedd hi'n braf ac ro'n i'n *pissed* ac yn hapus. Roedd 'ne ryw hen foi yn edrych fyny ar ffenest hanner ffordd lawr Tudor Road ac yn chwerthin yn wallgo. *'He's going to shoot me,'* medda fo wrthon ni gyda hapusrwydd llond ei lygaid. Aethon ni i mewn i bob un pyb a chlwb yng Nghaerdydd, i'r Casino, i'r Philharmonic, i Rummers, i'r Green Parrot, gan dreulio lot fawr o amser yn y Rat and Carrot ar St Mary's Street, lle triodd Marc *chatio'r* merched yma i fyny gan honni ei fod o'n gynhyrchydd teledu enwog, ond doedden nhw ddim yn 'i goelio fo.

Wrth gerdded heibio gwesty'r Angel dyma fi'n ffeindio esgid plentyn bach, un swêd, las ar 'i phen 'i hun a dyma fi'n 'i phigo hi i fyny. 'Marc, hwn 'di'r *magic shoe*; dwi'n mynd i gyfarfod rhywun sbesial heno!' medde fi. Aethon ni i'r Clwb am 'chydig ond roedd o yn anhygoel o *boring* felly mi benderfynon ni fynd i Astoria achos do'n i 'rioed wedi bod yno o'r blaen. 'Wnes i 'rioed ddawnsio cymaint yn 'y myw – ro'n i'n mynd rownd a rownd ac yn trio efelychu'r boi 'ne ar *Reservoir Dogs* sydd ar fin torri clust y plisman 'ne i ffwrdd.

Erbyn tua hanner mi benderfynon ni 'i bod hi'n amser cael cwmni un o'r merched anhygoel 'ma oedd yn cerdded o gwmpas efo dim byd arno, so mi aethon ni rownd yn gofyn iddyn nhw i gyd ddawnsio; yn anffodus roedden nhw'n anghroesawgar iawn. '*Fuck off*' oedd y gwrthodiad clenia gawson ni. O'n i ar fin rhoi fyny pan sylwes i fod Marc yn siarad efo criw o genod *tarty* yr olwg, ac yn sydyn iawn dyma'r hogan dlws 'ma â gwallt tywyll, oedd yn methu stopio chwerthin yn dweud wrtha i mai Alex oedd 'i henw ac yn dechre dangos imi yr holl bethe roedd dynion wedi 'u rhoi iddi y noson honno – gan gynnwys CD a'r anochel rosyn. Wedyn, dyma hi'n deud, '*Guess what this is,*' a dechre rhedeg o gwmpas yn wyllt gan wiglo ei llaw ar ei phen. 'Ymm, mm,' mynte fi. '*It's Brian the Snail,*' ebe hi wedi digio braidd nad o'n i wedi dyfalu'n gywir. '*Guess what my job is, it's really unusual,*' medde hi wedyn. '*Are you a grave digger?*' ebe fi gan drio 'ngore i gadw ar 'y nhraed. Mi o'n i'n dal i sbio i'w llygaid hi pan ddaeth Marc o rywle a sibrwd yn 'y nghlust i, 'Ma' hi mo'yn dy rif ffôn di'. 'Na, dwi ddim yn meddwl 'sti...' A chyn imi allu stopio fo, dyma fo'n gofyn, '*Will you give Owain your phone number?*' '*Yeeeeeeees,*' ebe hi yn amlwg yn trio'i gofio fo.

Ar y ffordd adre mi benderfynon ni alw yn y Clwb Inevitable eto. Doedd 'na neb llawer ar ôl, ond mi ddaeth Eleri o rywle a'n llusgo i draw at Lynda oedd yn gorwedd ar hyd un o'r seti coch yn mymblo rhywbeth wrthi'i hun. Mae Eleri wedi bod yn obsesd y dylwn i fynd off efo Lynda ers imi ddeud wrthi 'mod i'n chwilio am ferch efo bronnau mawr ar ôl gorffen efo Angharad, a dwi 'di ffansio Lynda ers blynyddoedd achos mae hi'n hollol gorjys. So mi orweddes i lawr wrth ei hymyl hi; o'n i'n meddwl 'i bod hi ar fin syrthio i gysgu ond dyma fi'n cario 'mlaen i ddeud pethe neis wrthi am ei chlustiau. 'Ti jyst yn cymryd piti drosta i yn dwyt achos 'mod i'n *pissed* ac yn sad?' ebe hi ar ôl hir a hwyr.

Erbyn hyn, roedd Eleri wedi dechre cymryd diddordeb yn Marc ac roedd o'n despret isio mynd 'nôl i 'nhŷ fi; ond o'n i isio cwmni Lynda, ac felly 'naethon ni i gyd landio yn nhŷ Eleri. Tra oedd Eleri'n molestio Marc ar y soffa dyma Lynda a fi yn mynd i'r gegin i wneud tost a the, ac mi oedden ni'n siarad yn hamddenol, y math o sgwrsio od yna wyt ti'n gael pan ti'n gwybod dy fod ti'n mynd i gysgu efo rhywun – yn agos, yn herian, yn dawel, yn pryfocio, yn annwyl, yn ddiarth. Mi edwinodd y cyffro braidd wrth iddi gymryd dwy awr i dynnu ei mêc-yp, ond yn y diwedd dyma ni'n rhoi matres lawr yn y lolfa, a charu a chysgu.

21 Mai

MI DDEFFRES I'N GYNNAR IAWN a chofio 'mod i wedi addo ffonio Alex, y ferch â gwallt du am ddeg y bore, so mi rois i sws i Lynda, a sbrintio o Canton i Bontcanna a thrio gwisgo ar y ffordd. Mi gyrhaeddes i'r tŷ jyst mewn pryd, a ffeindio ei rhif ffôn hi ym mhoced 'y nghôt i ar gerdyn *freebie* Astoria. Roedd y derbynnydd yn fy llaw i a'r rhif yn canu cyn imi sylweddoli nad oedd gen i syniad be i'w ddeud wrthi.

Ei mam hi wnaeth ateb ac mi dries i swnio'n barchus ac wedyn mi oedd Hi yno, y ferch 'ma ro'n i wedi'i chyfarfod am ychydig funudau yn feddw gachu. *'Do you remember me?'* gofynnes *'Um... no,'* atebodd hitha, oedd yn beth da achos mi fasa fo'n gyfle imi ei *charmio* hi efo 'mhersonoliaeth lachar cyn iddi gofio sut o'n i'n edrych. Ac a deud y gwir, do'n i ddim yn cofio'n iawn sut un oedd hi i edrych arni chwaith. 'Naethon ni falu cachu am 'chydig ac ro'n i'n anhygoel o swil, ddim yn gwybod be i'w ddeud wrthi hi. *'So... do you want to go out tonight?'* medda hi ar ôl blino ar 'n stytro digyfeiriad i.

'Er... yeah,' atebes.

Doedd gen i ddim syniad sosej lle i fynd â hi. Mi drafodes i'r posibiliadau efo Marc pan aethon i i FA Cup Final Cymru rhwng Wrecsam a Chaerdydd yn y pnawn. Dwi'n cefnogi Wrecsam, ond pan 'naethon ni ffeindio'n hunain ynghanol cefnogwyr Caerdydd, roedd hi'n syndod mor anhygoel o hawdd oedd hi i weiddi, *'Wrecsam you wancers!'* a phethe anwreiddiol cyffelyb. Roedd 'na Neanderthal o gefnogwr Caerdydd yn eistedd wrth 'n ymyl i mewn crys glas, a 'naeth o ddim edrych ar y gêm o gwbwl jyst syllu'n ddifynegiant draw at stand Wrecsam drwy'r gêm, a'i ddyrnau ar gau, yn mymblo pethe aflan dan ei wynt.

Mi ges i drafferth ffeindio tŷ Alex. Roedd hi wedi ei ddisgrifio fo fel *murray mint* ond, wel, roedd Rhiwbeina yn llawn o dai oedd yn edrych fel *murray mints.* Yn y diwedd dyma fi'n stopio y tu allan i'r tŷ cywir, cymryd un cip arall arna i fy hun yn y drych, penderfynu 'i bod hi'n rhy hwyr i ystyried *plastic surgery,* a cherdded at y drws cefn.

Roedd hi'n lot deliach nac o'n i'n gofio ac o'n i mor impresd nes imi banicio yn llwyr a mynd â hi i bob un lle posib yng Nghaerdydd; i'r sinema i weld y ffilm ramantus 'ma efo Keanu Reeves, i'r casino oedd yn llawn Tsieineaid fel arfer, i'r Loop lle'r oedd plant naw oed yn cael rhyw ar y staer cefn, i Metro's ac i'r Indian am bryd o fwyd – i gyd ar y dêt cynta.

Roedd hi'n dod o gefndir hollol wahanol i mi, cefndir dosbarth gweithiol di-Gymraeg Caerdydd, a doedd gen i ddim syniad be i'w ddeud wrthi; yr unig lein oedd gen i oedd *'Let's go somewhere else'*. O'n i hefyd yn ffeindio'n hun yn malu cachu ac yn deud llwyth o gelwydda amdana fi'n hun er mwyn creu argraff. Ond doedd hi ddim yn impresd o gwbwl efo'r dêt. Dwi'n credu 'mod i wedi 'i cholli hi pan 'nes i ddeud wrthi hi 'mod i isio gwneud ffilm bornograffig i'r sinema.

Pan gyrhaeddon ni yn ôl yn ei chartref hi dyma fi'n deud wrthi, *'It's really strange how we're never going to meet again...'* A dyma hi'n edrych yn od arna i a rhedeg mewn i'r tŷ. Dwi'n ystyried sgwennu llyfr ar 'Sut i Beidio Cael Cop'. Mae o mor *weird* 'mod i wedi cael un noson yn ei chwmni hi a 'mod i'n anhebyg o'i gweld hi byth eto. Mae pethe mor wahanol efo merched sy'n siarad Cymraeg. 'Dach chi'n siŵr o'u gweld nhw bob blwyddyn yn y Steddfod...

30 Mai

RO'N I'N EISTEDD efo Gwenno, 'y nghyfnither newyddiadurol, ar lawnt fferm Pen-y-fron, tu allan i Grymych, yn gwneud cadwyn llygaid y dydd tra oedd hi wrthi'n trafod a oedd hi am fynd i fyw i Awstralia efo'i chariad ai peidio. Roedd hi'n braf, braf ac mi sylweddoles i'n sydyn 'mod i wedi stopio bod yn *psycho stalker* a 'mod i'n teimlo fel fi fy hun eto, ac mi ges i ddiwrnod *brilliant* hollol.

Yn nes ymlaen yn y bore es i ar Faes yr Eisteddfod i werthu crysau-T, a phwy weles i wrth y trac motobeics ond Peter ro'n i'n arfer 'i nabod o griw Bryn Arian yn Arennig, a Brychan oedd ar ei ffordd i Camp America, a dyma Peter yn 'y nghyflwyno i i'w frawd deg oed oedd yn dew ac yn dawel.

Dwi'n caru Eisteddfod yr Urdd achos mae pawb yn ifanc, ac mae llwyth o bobl yn dod mewn i'r babell yn siarad Cymraeg. Mae o jyst yn gwneud imi deimlo bod yr iaith yn mynd i bara am byth. Mae'r bobl yn wahanol i dy griw eisteddfodol arferol di achos mae gen ti'r holl rieni sydd erioed wedi bod mewn eisteddfod yn dod i glywed eu plant.

Yn y pnawn mi es i, Gwenno, fy chwaer, Elwyn Cross, 'y nghefnder – sy'n ffrîc pêl-droed – a

Cerys, sydd hefyd yn gweithio yn y babell efo fi, am ddreif allan i'r wlad. Benderfynon ni stopio yn Eglwyswrw achos 'i fod o'n bentre mor farwaidd yr olwg, ac mi aethon ni i gyd am dro i gefn jynglaidd y dafarn Double Diamond oedd wedi cau lawr. Wedyn aethon ni i Nevern i weld y coed sy'n gwaedu, a'r groes Geltaidd, a dyma Elwyn yn sbwylio'r holl awyrgylch trwy ddeud fod y gwaed yn edrych fel Raspberry Ripple. Roedd o'n meddwl 'i fod o'n edrych yn 'hip' yn ei sbectols du.

Ar ôl cinio aethon ni i Bentre Ifan i weld y gromlech, ac wrth inni gerdded tuag ati roedden ni i gyd yn gwybod ein bod ni i fod i deimlo'n ddifrifol a *mystical,* ond dyma fi'n gofyn pam tybed wnaethon nhw godi'r gromlech hanner ffordd i fyny'r mynydd, a dyma Elwyn yn ateb eu bod nhw wedi bwriadu mynd â'r cerrig reit i ben y mynydd ond 'u bod nhw wedi nacro hanner ffordd. Ar ôl hynny roedden ni'n methu cymryd y lle'n ddifrifol o gwbwl ac mi fuon ni'n jocio am dipyn am y cachu defaid a'r paced crisps o Oes y Cerrig.

Aethon ni 'nôl i Ben-y-fron wedyn, ac roedd Siân Rowlands wedi cyrraedd yno – roedd hi mor *chirpy* ag erioed – hefyd Dylan, sy'n rhannu tŷ efo Elwyn dros y Steddfod. Mi fuon ni'n chwarae gêm o Trivial Pursuits ac yfed gwin drwy'r prynhawn. Mi aeth 'n chwaer, Gwenno, ac Elwyn i dŷ Dylan wrth ymyl Cilgerran yn rhywle, ac mi ges inna dacsi i Grymych.

Roedd y ddwy dafarn yn llawn dop. Weles i Brychan ac mi aethon ni draw i'r ciosg i ffonio Llywelyn er mwyn dweud wrtho fo amser mor dda oedden ni'n 'i gael a gymaint o bechod oedd hi 'i fod o'n gorfod stydio am mocs lefel A tra oedden ni'n meddwi yng Nghrymych. Aethon ni i eistedd y tu allan i'r Crown wedyn a siarad efo rhyw ddau foi *keen* oedd yn gweithio i gylchgrawn Cymraeg; roedden nhw'n siarad yn hollol felodramatig fel tasa popeth yn wych ac mi ddechreuodd Brychan chwerthin ar ben popeth roedden nhw'n 'i ddeud.

Mi ddiflannes i yn ôl i mewn i'r bar ar ôl 'chydig, a phwy ddaeth mewn ond Iwan Aberaeron a thair hogan smart efo fo o Landysul – Hanna, Megan a Heledd. Roedd Hanna yn gorjys efo gwallt melyn a llais meddal, ond mi o'n i'n ffansïo Megan oedd â gwallt tywyll ac oedd dipyn yn swil. 'Nes i ddeud wrthyn nhw 'mod i'n mynd i gyngerdd y Rolling Stones a dyma ni jyst yn dechre malu cachu.

Ro'n i wedi bod yn tynnu lluniau *weird* drwy'r dydd – dwy geiniog, troed Ceri Saith Rhyfeddod a ballu, so dyma fi'n rhoi'r camera i Bethan a deud wrthi am fynd i dynnu lluniau *weird* ac mi ddiflannodd hi mewn i'r toilets merched efo rhyw fachgen tal, gwallt melyn a rhyw hogan arall lysti. Roedden nhw yno am oesoedd cyn i'r hogan 'ma efo siaced ledr frown ddechre bangio ar y drws a deud fod ganddi hi'r misglwyf. Pan ddaethon nhw allan roedd y tri ohonyn nhw yn edrych yn reit *flushed* a dyma Bethan yn rhoi'r camera 'nôl imi a deud, 'Nawr mae rheina yn *weird*'.

Es i drwy gefn y dafarn wedyn i ryw babell fawr oedd yn llawn dop o ffermwyr y fro, ac roedd Llio, Gwenno, Elwyn a Dylan yn eistedd yn y gornel. Roedd hi'n edrych fel tasa pethe'n poethi rhwng Dylan a Gwenno ond roedd y ddau arall yn edrych yn *pissed off* braidd. Roedd 'na ryw grŵp cachu yn chwarae, ac mi ddechreues i siarad efo'r hogan blond 'ma oedd tua tri deg chwech.

Roedd hi'n siarad am ryw siopau dillad roedd hi'n arfer bod yn berchen arnyn nhw, ac am y farchnad ffasiwn a phethe, ac ro'n i'n *pissed* ac mi oedd ganddi hi lygaid mawr, caredig, ac roedd hi'n dod o Nantgaredig, ac roedd ei gwefusau hi'n feddal ac yn goch, ac wedyn dyma 'ne ryw josg yn deud, 'Eleri, cofia di iwshio *protection* nawr,' a dyma fo'n rhoi andros o winc i mi. O'n i'n teimlo fel y boi. Roedd tafarn y Red Lion yn orlawn o bobl yn canu 'Iar Fach Wen…' ac mi ganes i nerth esgyrn 'y mhen.

Syrthio mewn cariad efo Alex

1 Mehefin

AETH ALEX A FI allan am ein dêt cynta go iawn heno; dwi mor falch 'i bod hi wedi ffonio. Mi aethon ni i un o bartïon *Pobol y Cwm* mewn clwb o'r enw Stamps ac mi o'n i'n trio creu argraff arni efo'r ffaith 'mod i'n nabod yr holl actorion enwog 'ma ond doedd hi erioed wedi clywed am yr un ohonyn nhw.

Roedd y clwb yn fach iawn ac yn *tacky.* Aethon ni i eistedd lawr a siarad, ond roedd o'n brofiad mor ddiarth imi – hynny ydi, y ffaith nad oedd gynnon ni ddim diwylliant yn gyffredin. Roedd o'n deimlad diarth ac ecseiting ar yr un pryd.

Ac wrth inni siarad mi oedden ni'n agosáu at ein gilydd, ac mi o'n i'n syrthio amdani, yn syrthio'n araf, ac wrth inni siarad roedd ein gwefusau ni'n agosáu, ac yn ara bach fe ddiflannodd pawb yn y clwb, fe ddistawodd y gerddoriaeth a'r cwbl gallwn i ei weld oedd ei llygaid hi, ei gwefusau hi, ei chwerthin hi; mi gusanon ni'n ara deg ac aeth lliwiau'r llawr disgo i gyd yn ffrwydradau o amgylch 'y mhen i. Dwi ddim yn cofio mynd mewn i'r tacsi; mi 'naethon ni gusanu'r holl ffordd 'nôl i dŷ Alex, fyny Manor Way, lawr Cae Gwyn, fyny Greenfield ond y cwbl allwn i 'i weld oedd y hi.

Pan gyrhaeddon ni'r tŷ mi ddeudodd hi y baswn ni'n cael cyfarfod ei mam a'i thad hi. Roedd 'na sŵn teledu yn dod o un o'r stafelloedd ffrynt ac agorodd Alex y drws a galw *'Goodnight'*. Dyma'i mam hi'n deud, *'Come in'* ac o'n i'n meddwl 'i bod hi'n golygu fi so mi games i mewn i'r stafell. Stafell wely mam a thad Alex oedd hi ac mi oedd y ddau ohonyn nhw yn gorwedd yn eu dillad isaf ar y gwely yn amlwg ddim yn gwybod 'mod i yno. *'O hello,'* medde fi, *'I'm Owain'*.

21 Mehefin

DWI'N TEIMLO'N REIT EUOG heddiw achos 'mod i wedi slotio seremoni grefyddol bwysica'r flwyddyn mewn i'n agenda bersonol i fel tasa fo'n *working lunch* neu rywbeth. Erbyn i mi weithio yn yr archif ffilm drwy'r dydd, ffonio

Ben, 'y nghyd gyw-ddramodydd, a thrafod sut oedd o'n pasa dod lawr dydd Gwener, ffonio 'y nghyfreithiwr ynglŷn â'r tŷ yn Aber, ffonio Llywelyn ynglŷn â thocynnau Pulp yn yr Hydref, ffonio Aled ym Mhrâg, a siarad yn sydyn am sgwâr St Wenceslas a pha mor trendi o'n i'n mynd i edrych yno ym mis Medi a chant a mil o bethau eraill, roedd yr unfed ar hugain wedi dechre ymddangos fel unrhyw ddiwrnod arall.

Y diwrnod hira: calan haf, *summer solstice*, diwedd bwriad ac aileni'r ddaear, cychwyn cwsg y gaeaf, y ddaear yn deud, 'Ooooooo wedi blino'! Ac yn hytrach na dawnsio drwy'r dydd yn noeth efo sudd danal poethion dros 'y mochau, o'n i wedi bod yn rhuthro'n wyllt o un teleffon i'r llall.

Tua saith o'r gloch mi es i draw i gael swper efo Gwil, 'y nghefnder; roedd o wedi addo cwcio madarch a *spinach*. Roedd y syniad wedi ypsetio rhyw 'chydig ar gigfwytawr rheibus fel fi, ond digwydd bod, roedd y bwyd yn ardderchog ac mi ges i glywed record newydd Super Furry Animals hefyd. Mae'r gân 'Blerwyttirhwng' yn wych, wych – mae mor ecseiting eu bod nhw wedi seinio efo Creation. Aethon ni ymlaen i drafod cymaint roedd yr SRG wedi newid ers dyddiau tywyll yr wyth degau, ond yn ddistaw bach ro'n i'n dal i deimlo'n euog nad o'n i'n addoli'r ddaear ffwl sbid.

Erbyn imi gyrraedd tŷ Siôn yn Manor Street

tua 10.00 ro'n i'n ffrothio ac yn hollol *stressed*, a do'n i ddim yn cofio sut o'n i wedi gwneud y seremoni y flwyddyn ddiwetha. Mi gasgles i focs cardbord a phapur, gwydraid o ddŵr a hen *bagel* wedi llwydo, ond erbyn inni fynd allan i'r ardd ro'n i'n methu meddwl be i'w 'neud efo'r *bagel* so fe gafodd hwnna fynd.

Yn y diwedd dyma ni'n cynnau tân bach, trafod 'chydig ar y pethe da a'r pethe drwg oedd wedi digwydd yn ystod y flwyddyn, sgwennu lawr y pethe roedden ni am adael ar ôl yn y gorffennol a'u llosgi nhw. Yn anffodus roedd darnau o barddu o'r tân yn cael eu chwythu tuag at y dillad oedd ar y lein drws nesa, ac felly rhwng poeni am hynny a swatio morgrug piwis doedd y seremoni ddim yn llwyddiant ysgubol. Dyma sy'n dod o fod yn bagan rhan amser.

22 Mehefin

ABER, ABER, ABER! Bath anferthol yn y bore a phigo Alex fyny am ddeuddeg. Edrych ar y map a phenderfynu mynd fyny trwy Bont Senni, Llanymddyfri a Llambed. 'Naethon ni siarad yr holl ffordd o Riwbeina i Aberystwyth, bron, felly aeth y syniad o ddangos Cymru i Alex yn ffliwt, braidd. Roedden ni wedi cyrraedd Llanrhystud cyn i mi sylweddoli 'mod i wedi bod yn ddiffygiol fel *tour operator*, ond yn anffodus tydi rhyd Llanrhystud ddim yn *impressive* iawn.

'Naethon ni siarad am ein cyn-gariadon, am y *Ball*, am The Beautiful South a chant a mil o bethe eraill ond dwi ddim rîli yn cofio siarad am ddim byd o bwys. Ar ôl bwcio mewn i stafell binc yng ngwesty'r Helmsman – sy'n 'n atgoffa i o *mayonnaise* – dyma ni'n rhuthro draw i'r *Bear* i yfed a chwarae pêl-droed bwrdd efo Llywelyn, Rhion, Llŷr, Brychan – oedd yn dal heb gyrraedd Camp America – ac Elfyn. Mi o'n i wrth 'y modd yn eu gweld nhw i gyd eto ac roedd Alex yn trio'i gore i ddilyn y sgwrs oedd yn rhuthro o un pwnc i'r llall: *side partings*, Brychan yn Camp America... *pizza toppings*.

Yn anffodus, erbyn i bawb gyrraedd y Glen roedd y llifeiriant alcohol cyson a'r gwres llethol wedi troi pawb yn zombïaidd ac yn ansiaradus. Aeth Alex a fi yn ôl i'r gwesty i chwarae gollwng papur tŷ bach gwlyb ar ben pobl o'r ffenest, darllen taflen Rheilffordd Tal-y-llyn yn ddirmygus, a chysgu.

Erbyn inni ddeffro roedd hi'n dywyll so mi ruthron ni i gig Saw Doctors yn yr Undeb mewn tacsi. Ar ôl moshio a slamio am ryw hanner awr ro'n i'n zonced ac ro'dd Alex yn 'y nghyhuddo i o fod yn hen ddyn. Mi es i nôl dŵr a chyfarfod â llwyth o bobl ddiddorol.

Mi fasa'r gig wedi bod yn OK oni bai bod y Saw Doctors wedi cyhoeddi, *'Now this is our last song of the night'* am y pymtheg cân ola 'naethon nhw chwarae. Ond, a deud y gwir, ar ôl tair awr o neidio fyny ac i lawr efo William o Iwerddon roedd pob cân yn dechre swnio'n debyg. 'Naethon ni yfed Coca Cola ar y traeth tan tua thri y bore a siarad am y sêr; ac wedyn aethon ni i'r gwely.

23 Mehefin

Mae'n rhaid 'mod i wedi cael magwraeth ryfedd achos dyma'r tro cyntaf imi hedfan barcut erioed. Un Thomas the Tanc oedd o ac roedd Alex a minna ar draeth y Borth. A deud y gwir mae barcuta yn reit *boring,* ac ar ôl iddo fo ddisgyn ar fol rhyw foi oedd yn torheulo mi benderfynon ni ein bod ni 'di cael digon a mynd adre i Dy'n-y-fedw, Sir Feirionnydd.

Y cynllun yn syml oedd torheulo, cael barbeicw, a champio yn y coed, ond wnaeth pethe ddim gweithio felly o gwbwl. Ar ôl cael *pizza* yn y Bala a stocio fyny efo gwin, disposabl barebicw o Theodore's, a danteithion dyma ni'n bomio adre.

Roedd Cwm Cynllwyd yn gwbl, hollol baradwysaidd, y tywydd yn chwilboeth a phob man yn wyrdd ac yn lysh.

Aethon ni'n syth lawr i Pwll Meini ar afon Twrch ac roedd y dŵr yn oer fel rhew. Pan o'n i'n fach ro'n i'n arfer breuddwydio bod 'ne afanc erchyll du yn y pwll; ro'n i'n teimlo'n reit ddewr yn cerdded yn syth i'r dŵr ac wedyn yn herio Alex bod ganddi hi ofn – er bod gen i 'chydig bach o ofn hefyd. Doedd hi ddim yn siŵr oedd hi am ddod mewn ai peidio, ond wedyn fe lithrodd hi ar yr ochr a syrthio i'r dŵr, ac mi fuon ni'n nofio am amser hir. Mi es i draw at y Rhaeadr Gwyn a sefyll odano fo fel taswn i'n cael cawod, ond ar ôl 'chydig bach mi sylweddolais i fod Alex wedi mynd yn dawel iawn ac mi drois i rownd, ac roedd hi'n eistedd yn sêt yr ymerawdwr ar y graig yn deud dim. So mi nofies i draw ati a gofyn be oedd yn bod. Mi oedd y pwll wedi ei hudo hi fel y gwnaeth o fy hudo i y tro cynta imi ei ddarganfod o efo Mam pan o'n i'n un ar ddeg.

Ar ôl mynd 'nôl at y tŷ 'naethon ni eistedd ar y wal drwy'r pnawn yn yfed potel ar ôl potel o win *rosé* a gwylio'n coesau gwyn yn troi'n binc. Tua chwech y gloch, mi benderfynon ni fod campio yn y coed yn syniad da felly dyma gychwyn yr hen Lada yn y sied gartre a dreifio am ryw ddwy filltir i'r coed cyn mynd yn styc mewn pwll o ddŵr corslyd. Awr yn ddiweddarach, ar ôl cerdded am byth ar hyd cerrig miniog y ffordd, dyma Alex yn gorwedd lawr yn y mwd a syrthio i gysgu. Mi redes i adre fel dyn gwyllt, a phwy oedd wedi cyrraedd o rywle ond Gruffudd 'y mrawd, Glyn Tŷ Nant, Arwyn a Steff Cravos. Mi aethon ni i gyd mewn i fan fawr las oedd â gwely dwbwl yn y cefn am ryw reswm, ac i fyny â ni i'r fforest i nôl Alex. Dwi ddim yn cofio dim byd wedyn.

24 Mehefin

DIWRNOD Y *BALL* – yr un gyntaf erioed i mi fynd iddi – yng Ngerddi'r Dyffryn. Ro'n i'n arfer meddwl eu bod nhw'n bethe Seisnig ofnadwy ond erbyn hyn dwi'n sylweddoli mai jyst laff ydi'r holl beth. Mi yrron ni drwy ganol Cymru efo cur pen ac atgofion cymysglyd yn gwmni, a chyrraedd Caerdydd tua thri o'r gloch.

Mi aeth Alex adre ac mi es inna'n syth i newid i'r *tux*. Esgob mawr, dwi'n edrych yn anhygoel o smart mewn *tux*, dici-bô, a *cummerbund* lliw gwin coch a 'ngwallt wedi'i slicio'n ôl. Rhamantu'n wyllt wedyn am *Belle Epoque* ym Moscow a minna'n *Hussar* golygus yn ceisio llaw y Tsarina.

Gawson ni noson wych yn y *Ball* – fi, Meirion, Russ, Kate, Angela, Sophie, Fiona, Sharon ac Alex. Mi dreuliodd Meirion a Russ drwy'r nos yn sugno *helium* allan o bob balŵn oedden nhw'n gallu ei ffeindio. Ro'n i, yn y cyfamser, yn trio'r cwicstep ond yn mynnu syrthio ar y llawr dawnsio, yn y toiledau – ac ar y lawnt y tu allan i'r *marquee*! Dwi'n credu 'mod i 'di treulio'r holl noson yn syrthio ar y llawr.

Roedd Alex yn edrych yn anhygoel yn ei *ballgown* melfed lliw gwin, er nad oedd hi ddim mor barchus â hynny gan ei bod hitha hefyd wedi treulio tipyn o'r amser ar y llawr. Ar ôl y ddawns ola a'r *sing along* o 'Auld Lang Syne' mi aethon ni am dro hir drwy'r gerddi at y llynnoedd pysgod. Ar ôl inni orwedd lawr, wnaethon ni ddim deud rhyw lawer wrth 'n gilydd. Ro'n i'n edrych ar y pysgod yn nofio yn y dŵr tywyll pan ddechreues i feddwl am bob merch dwi 'di bod efo erioed. Ro'n i'n ystyried y ffaith 'mod i wedi syrthio mewn cariad efo Alex, ac ro'n i'n pendroni sut roedd hi'n bosib i mi syrthio mewn cariad efo lot o ferched yn 'y mywyd ac eto dim ond syrthio mewn cariad yn llwyr efo un person ar y tro.

A deud y gwir ro'n i wedi dechre meddwl am bob math o bethe rhyfedd; ro'n i'n meddwl am y lawnt efo'n cyrff ni'n gorwedd arno fo, ac wedyn meddwl am fory pan fydde'r lawnt yn wag... Dyna pryd rhuthrodd Angela ar draws y lawnt gan weiddi'i bod hi wedi ennill teledu yn y raffl. Daeth Sophie o'r cysgodion yn rhywle a deud 'i bod hithau wedi gêtcrashio derbyniad priodas ym mhlasdy Dyffryn Gardens a'i bod jyst â sediwsio'r priodfab. Ar y ffordd 'nôl dyma Meirion yn rhedeg o gwmpas efo côn traffig melyn a choch am ei ben cyn iddo fo gael row gan ryw foi mewn dici-bô.

25 Mehefin

DWI 'DI BOD AR *POST-PARTY DOWNER* drwy'r dydd. Roedd Caerdydd yn desog, llychlyd ac yn lluddedig – yn union fel ro'n i'n teimlo. Mi bosties i gwpwl o lythyrau, ambell un personol, a chwpwl o dapiau Datsyn yn y gobaith y gwneith rhywun roi mwy o gigs inni.

'Nes i ffonio Alex a malu awyr am y *Ball* a *house party* Kate nos Iau, a'i gwahodd hi allan i weld *Roots and Wings*, drama newydd Frank Skinner, nos Fawrth.

Mae'n chwaer i'n gadael Caerdydd am swydd newydd yng Nghaernarfon fory, felly aethon ni am dro i Sully a cherdded hyd y ffrynt, fyny heibio Swanbridge Farm. Roedd hi'n braf ond braidd yn oer ac mi 'naethon ni siarad am y dyfodol a be oedd yn mynd i ddigwydd, a 'nes i fwydro am y tŷ yn Aberystwyth dwi ar fin ei brynu.

Ar y ffordd 'nôl yn y car mi ges i deimlad

rhyfedd iawn. Roedd The Bomb, *'These sounds fall into my head'* ymlaen ar y radio ac mi edryches i ar y ceir eraill oedd yn gyrru heibio ac ar bobl oedd yn cerdded ar y strydoedd, ac ar dai pobl, ac mi sylweddoles i 'mod i'n edrych ar 'y nghyfnod i. Mi edryches i ar 'y nillad, y tapiau yn y car, y *dashboard* plastig, ac mi sylweddoles i 'mod i'n edrych ar holl bethe bach 'y nghyfnod i, pethe oedd ddim yn perthyn i gyfnod neb arall.

Ar ôl cyrraedd Caerdydd aeth fy chwaer a minna a Delyth o Abertawe draw i TGI Friday's – y bwyty Americanaidd erchyll yma ar Newport Road – a chael omlet hallt a chroeso plastig. Am ryw reswm, 'naethon ni siarad am pam oedden ni mor apathetig ynglŷn â gwleidyddiaeth, a pham nad oedden ni'n credu mewn dim byd mewn gwirionedd. Roedd hynny yn f'atgoffa i mewn ffordd 'mod i'n gorfod mynd 'nôl i weithio fory, ac o'n i'n pondro tybed faswn ni'n licio cael parti trwy'r amser a bod yn gwbl hedonistaidd, a pheidio a theimlo'n gyfrifol a pheidio â meddwl... do'n i'm yn gallu meddwl am ateb; o'n i jyst yn meddwl am Alex a phan es i i gysgu o'n i'n dal i allu ei harogli hi.

26 Mehefin

'NÔL YN Y GWAITH yn yr archif ffilm; yn dawel bach dwi'n dechre mwynhau'r job yma'n arw iawn. Ar hyn o bryd dwi'n gwylio pytiau o newyddion ffilm o 1962, ac wrth rowlio'r gorffennol drwy'r Steenbech ar ffilm neg 16 mil dwi'n teimlo rhyw bŵer rhyfedd. Fydda i'n meddwl weithie, taswn i'n llosgi un darn arbennig o ffilm, y baswn i hefyd yn llosgi'r diwrnod arbennig hwnnw allan o fodolaeth.

Y peth mwya ffrîci ynglŷn â gweithio yn yr archif ydi gweld y blynyddoedd yn llithro rhwng y sbŵls ac o flaen y golau bach gwyn. Mil naw chwech naw: criw o blant ysgol yn siarad, yn ifanc, yn obeithiol, dim syniad be fydd eu dyfodol nhw. Lle maen nhw rŵan? Ydyn nhw'n hen? Efo teulu? Yn cofio be dwi'n weld? Ydyn nhw wedi marw?

Dwn i ddim ydi o'n iawn mewn ffordd – dal un ennyd o fywyd; mae o'n gwneud i mi sylweddoli bod pob munud yn werthfawr, yn aur, ac mai'r bywyd 'dach chi'n fyw ar y pryd ydi'r bywyd. Mae o'n gwneud i mi hiraethu pan dwi'n chwarae ffilm yn 'y meddwl ohona i'n blentyn bach, mae o'n gwneud i mi hiraethu am funudau gwerthfawr flwyddyn ddiwetha efo Angharad ddaw ddim yn ôl, mae o'n gwneud imi feddwl am Alex, a'r parti nesa, a'r haf gwallgo sydd o 'mlaen i. Mae gwylio'r hen ffilmiau yma yn gwneud i mi fod isio byw.

27 Mehefin

AETHON NI I BARTI KATE heno yn un o ardaloedd posh Rhiwbeina ac mi ges i amser gwych. Roedd pawb ar y patio, y tu cefn i'r garej; roedd 'y mrawd efo fi ac mi sgwrsiodd o efo Sally drwy'r nos am fandiau roc.

Ro'n i wedi f'apwyntio'n hun yn feistr y barbeciw. Ro'n i wedi prynu un o'r barbeciws *disposable* 'ma, a chan nad oedd neb arall efo unrhyw ddiddordeb mewn byta unrhyw beth (heblaw'i gilydd) am tua dwy awr, mi ges i gwmni dwy sosej, stecen, a thomato trist a chwaraewr rygbi o'r enw Barry oedd yn gorwedd ar y gwair yn chwil ulw gachu. Mi oedd o'n jibran am ryw *striptease* roedd o wedi'i weld ac yn dweud fel y cafodd o ei glymu i gadair mewn rhyw glwb llafur yn rhywle, ei ddinoethi a chael merch i rwbio olew drosto fo i gyd a chael ei chwipio. *'Don't tell anyone,'* medda fo, ond roedd pawb yn yr ardd yn gallu clywed beth bynnag.

Roedd Alex wrthi'n cael sgwrs efo rhyw foi bach *weird* o'r enw Richard oedd wedi clymu lastic band am 'i wallt fel bod ganddo fo gynffon fach yn sticio allan o'i ben. Roedd Richard yn teimlo'n dipresd iawn achos bod 'i iâr o wedi marw. *'I loved her you know,'* medda Richard a throi ei wallt rownd un o'i fysedd.

Erbyn tua deg o gloch y nos roedd 'na sgandals yn dechre hedfan o gwmpas. Roedd Nici yn *hyper* unwaith eto ar ôl cymryd ecstasi ac wedi cael rhyw efo dau foi yn barod – efo rhyw bra' lleol oedd wedi gêtcrashio efo rhyw ddau thyg arall, ac efo Kurt. Ei dro cynta fo oedd o – dim ond pymtheg oed ydi o. Tydi Nici byth yn iwsio condoms, ac er mai dim ond un deg chwech ydi hi, mae hi wedi cysgu efo pedwar deg dau o ddynion ar y cownt diwethaf, so roedd pawb yn ysgwyd 'u penna fel hen wragedd ac yn twt-twtio, er bod pob un oedd yno wedi cysgu eu hunain efo o leia deg person gwahanol.

Roedd Siân wedi cnychu un o'r bra's er bod 'i chariad hi lawr staer mewn cader haul yn sôn yn hamddenol pam 'i fod o'n licio dillad Benettons. Mi oedd o leia un cwpwl yn cnychu ym mhob stafell a'r gweddill ohonon ni yn rhowlio o gwmpas y tu allan ar y lawnt, yn ffraeo ynglŷn â a ddylen ni wrando ar REM neu Oasis. Roedd y *tray* barbeciw wedi llosgi reit drwodd a gadael patshyn mawr du ar y lawnt ac ro'n i'n cael row gan Kate. Mi gafodd Als a fi gysgu yng ngwely dwbwl mawr rhieni Kate, gwely glas tywyll a choed pin. Yn hwyr iawn mi ddeffres i'n chwil a chlywed rhyw sgrechian y tu allan, so mi godes i a mynd i sefyll ar falconi'r stafell. Roedd y lleuad allan a'r ardd gefn yn gwbl wag heblaw am y poteli, a'r caniau, ambell i ddilledyn – a John a Sarah yn noeth ar y gwair yn cnychu. Y cwbl allwn i glywed oedd eu sŵn nhw'n caru, fo'n anadlu'n ddwfn a hitha'n gwneud synau bach, a'r lleuad yn goleuo pob dim yn wyn-las. Roedd y tŷ yn hollol dawel a chynnes, a'r parti ar ben.

28 Mehefin

ROEDD ALS A FI newydd fod yn gweld drama, ac roedden ni'n gorwedd yn y gwely a dyma hi'n gwthio'i phen o dan 'y nghesail i a deud 'i bod hi yn 'y ngharu i, a dyma fi'n rhedeg 'y mysedd trwy 'i gwallt hi a deud 'y mod i yn 'i charu hitha hefyd. Mi syrthiodd hi i gysgu, ac ro'n i'n sbio arni hi ac yn teimlo'i hanadl hi ar 'y moch i a'i braich am 'y nghefn i, ac yn teimlo'i chorff meddal, cynnes hi'n gwthio yn erbyn 'y nghorff i, ac roedd 'na gyrlen o'i gwallt hi'n disgyn ar draws gwrid ei boch ac roedd hi'n edrych mor dlws. Ro'n i'n teimlo bod rhywun mor werthfawr yn gorwedd yn 'y mreichiau i – ro'n i'n gallu teimlo 'nghalon i'n curo'n gyflymach wrth 'i gweld hi, ac roedd y stafell mor dawel... a golau'r stryd yn sbecian drwy'r llenni, ac ro'n i'n meddwl falle y baswn i'n ifanc am byth.

7 Awst

'NES I GYCHWYN tua deg o'r gloch y bore a phenderfynu dreifio fyny'r Ms i gyd i weld os oedd o'n gynt. Es i fyny'r M5, M6, M56 a phob math o Ms eraill drwy Fanceinion a Birmingham. Dwi'n caru traffyrdd, dwi'n caru'r teimlad o wibio'n benrhydd ar y lôn gyflym yn teithio a theithio... Erbyn imi gyrraedd Maes yr Eisteddfod roedd hi'n boeth. Roedd teulu Rhyl i gyd ene. Roedd hi'n anhygoel o braf bod 'nôl ar Faes yr Eisteddfod eto, ac roedd hi mor boeth roedd 'y ngheseiliau i yn chwys diferol.

Ar ôl gwerthu crysau-T drwy'r prynhawn aeth Cerys â fi i ddangos i fi'n fflat i yn Rhuddlan; roedd o uwchben y siop ffrwythau ar y Stryd Fawr, dros y ffordd i'r Harp. Gyda'r nos, mi gerddes i mewn i Abergele a phwy oedd yn eistedd y tu allan i'r Pen-y-bont ond Al Bach yn ei siaced ledr ddu arferol. Mi aethon ni mewn i'r dafarn, a chyfarfod boi sâl yr olwg, Elwyn,o

Fangor, wrth y bar. A dyma fo'n gofyn imi ble ddyla fo fynd a dyma fi'n deud, 'Ty'd efo ni'. Roedd 'na rwbath 'chydig bach yn wahanol ynglŷn â fo, ond doedd hi ddim ots gen i 'i fod o'n gwisgo lledr du i gyd a bod 'i wallt hir o mewn *ponytail*. Aethon ni i eistedd y tu allan a dechre meddwi a siarad am ystyr meddwi, ac roedd Al yn cael cwmni'r merched i gyd fel arfer. Ar ôl 'chydig dyma 'ne griw o ffermwyr *check* eu crysau yn dechre gweiddi arna i, ac ro'n i'n dechre meddwl bydde 'ne drwbwl, pan gododd Ed Wig ar ei draed a rhedeg ata i efo gwên fawr ar ei wyneb – Ed Wigs, 'y nghyd-Enlli addolwr annwyl, y gwyliwr adar gwallgo. Felly fe steddodd efo ni, ac ar ôl 'chydig dyma fi, Al, Ed Wigs ac Elwyn yn mynd mewn tacsi i gig yn y Rhyl.

Roedd Ed Wigs yn parablu malu cachu pur am y Rhyfel Tatws diwetha neu rywbeth, ac yn chwarae efo clustiau'r gyrrwr tacsi a hwnnw'n gwylltio'n rhacs. A phan 'naethon ni gyrraedd y gig dyma fi'n colli'n *friendship bracelet* i roedd Morfudd bach wedi ei gwneud imi a dyma'r hogan ddel iawn 'ma'n 'i rhoi hi yn ôl imi ac yn ei rhoi hi ar 'y ngarddwrn i.

Aethon ni i chwarae pŵl am 'chydig. Roedd Angharad yno ond 'naeth hi ddim cymryd dim sylw ohona i. Ar ôl chware pŵl am dipyn dyma fi'n eistedd lawr wrth ymyl Elwyn a dechre sgwrs, ac ar ôl tipyn dyma fo'n gofyn, 'Ga i ofyn cwestiwn personol iti?' 'Cei siŵr,' medde fi. 'Wyt ti'n hoyw?' Mi gaethon ni sgwrs am 'chydig ynglŷn â sut roedd rhai dynion yn gallu bod yn fenywaidd, ond roedd gen i ofn siard efo fo go iawn. Aeth Ed Wigs a fi i ddawnsio a chreu lot o ddawnsfeydd newydd – Dawns yr Heuwr, a Nofio-ddawns, a'r gore ohonyn nhw i gyd: Dawns y Byta *Weetabix*.

Fe benderfynes i fynd i ffonio Alex tua'r un o'r gloch 'ma, felly, aeth Ed a fi i'r gwesty 'ma drws nesa i chwilio am ffôn. Dyma'n ni'n cerdded drwy'r bar ble roedd 'na foi yn dal i ganu piano mawr gwyn yn y gornel. Gawson ni hyd i'r ffôn yn y diwedd – roedd o yn y coridor mewn cwtsh melfed coch od, ond ro'n i mor chwil ro'n i methu cofio'i rhif ffôn hi. Mi fues i'n siarad efo miloedd o bobl yng Nghaerdydd ond nid efo Alex. Ro'n i'n gofyn i Ed bob hyn a hyn am gyfuniad newydd o'r rhifau, ond mi roedd ynta'n chwil hefyd felly ro'n i weithie'n ffonio'r un bobl eto ac roedden nhw'n flin iawn.

Roedd 'na ryw hogan yn disgwyl am y ffôn hefyd. Roedd hi'n gwisgo'n anhygoel o *glamorous*, mewn gwisg gabaret hir ddu ac roedd ganddi wallt melyn cyrliog, a thiara diamwnt. Cymraes oedd hi – o'r cymoedd yn rhywle – a doedd hi'n gwybod dim byd am y Steddfod; roedd hi wedi dod i fyny i'r Rhyl er mwyn trio rhyw gystadleuaeth cabaret, a dyma hi'n deud wrthon ni 'i bod hi'n mynd i fod yn gantores enwog yn y clybiau. Er inni 'i phlagio hi i ganu, wnaeth hi ddim achos roedd hi isio ffonio'i chariad ac roedd hi'n dechre colli 'mynedd efo'n sŵn ni.

Es i'n ôl mewn tacsi efo Sei, Al, Lisa 'y nghyfneither, ac Ed Wigs. Bob yn hyn a hyn roedd Sei yn gweiddi'n uchel ar Lisa, 'Fi'n mynd i gysgu 'da ti heno, ferch' ac roedd pawb yn cael gwd laff. Ar ôl cyrraedd 'nôl i'r fflat siop ffrwythau dyma Edydd a fi'n cael sgwrs am Ynys Enlli ac am be oedd ystyr Rhyfel y Tatws.

8 Awst

DEFFRO'N GYNNAR. Cyn mynd ar y Maes aeth Edydd a minna i Spar. Mi brynes i gan o Goca Cola ac mi brynodd Edydd dwb anferth o hufen iâ am 59 ceiniog. Roedd hi'n eiriasboeth yn y car ar y ffordd yno ac roedd Edydd wedi penderfynu bod yn rhaid iddo fo fwyta'r holl hufen iâ cyn cyrraedd y Maes Pebyll, rhag ofn iddo fo doddi. Roedd o'n edrych yn sâl iawn erbyn inni gyrraedd.

Amser cinio, aeth Cerys a fi lawr i Fae Cinmel, achos roedd Alex wedi deud wrtha i mai un o'r pethe mwyaf trawmatic oedd wedi digwydd iddi hi pan oedd hi'n fach oedd 'i bod hi wedi colli ei hoff feinociwlars plastig oren ac ro'n i'n benderfynol o gael un yn bresant iddi. Mi yrron ni lawr ryw ffordd gefn braf, braf drwy'r gwastatir ac roedd ffenestri'r car yn llydan agored, a'r gwynt yn 'y ngwallt.

Ar ôl parcio, mi ruthron ni rownd y siopau gwyliau oedd yn llawn o Saeson o Fanceinion, a roc, a tships, a bwcedi oren, a pheli traeth lliwgar, a sbectols, a phobl ifanc yn y siopau a'r stondinau yn edrych fel plant ffair – ond dim binociwlars oren.

Ar ôl diwrnod hir, ges i noson hollol ffantastic, achos ar ôl cinio dyma Pwyll bach, sy'n bedair oed, yn dod mewn i'r babell a rhoi darn bach o bapur i mi. Arno fo, roedd o 'di sgriblo, 'I Owain, tyrd i 'mharti i heno, Pwyll'. Mi ffeindies i allan fod Pwyll a theulu Glyn Derw yn mynd i Ffair Rhyl i ddathlu 'i ben blwydd o.

Yn hwyr y prynhawn, mi es i i Flaen y Coed, ar gyrion Y Rhyl, efo Meleri. Roedd y tŷ yn hollol hyfryd, efo'r ardd fwyaf hudolus imi erioed fod ynddi. Mi es i a Bethan, sy'n un ar ddeg, a Morfudd, sy'n wyth, draw heibio'r garej gefn i ryw ardd fawr a fu unwaith yn daclus, ond ble roedd chwyn yn gorchuddio pob dim erbyn hyn. Roedd 'na hen, hen dŷ pren un ochr i'r ardd oedd yn edrych fel tŷ Hansel a Gretel, a gwrych bach o'i flaen. Mi ges i weld y den a'r nyth gwenyn ac wedyn y cae bach agored; mi garies i Morfudd am 'chydig achos fod ganddi ofn yr ysgall, ond wedyn roedd hi isio mynd adre. Felly dim ond Bethan a fi oedd ar ôl, ac roedd 'na das wair yn un gornel, ac roedd hi'n machlud, ac roedd hadau dant y llew yn chwyrlïo yn yr awyr, ac mi gerddon ni draw at y goedwig coed pin yn y pen draw. Roedd yr holl beth yn antur fawr, fel taswn i'n darganfod tir newydd. Ar y ffordd 'nôl dyma Bethan yn gofyn imi os oedd gen i gariad, ac mi sonies i am Alex, a dweud pa mor brydferth oedd hi, a 'mod i'n ei charu hi.

Ar ôl y ffair, aethon ni'n ôl i Glyn Derw efo Pwyll yn cysgu yn y ffrynt, a Bethan a fi yn eistedd yn y bwt. Roedd Bethan isio gwybod am faint fasen ni'n gallu byw yn y car heb *oxygen*. Do'n i'm yn gwybod wrth gwrs, ond mi ddeud-odd hi y base hi'n gofyn i ryw Sarah yn yr ysgol.

Ar ôl cyrraedd fflat y siop ffrwythau mi eisteddes i ar 'y ngwely ac mi golapsiodd o. Felly ar hyn o bryd dwi'n gorfod cysgu efo 'nhraed fyny yn yr awyr. Tua hanner nos mi glywes i sŵn dŵr mawr yn llifo ar y stryd y tu allan. Mi edryches i drwy'r ffenest a dyna lle'r oedd perchennog yr Harp yn dyfrhau'r cannoedd o flodau oedd ganddo fo y tu allan i'w dafarn. Roedd y dŵr yn llifo'n swnllyd ar hyd y stryd, ac roedd golau un llofft yn y dafarn ymlaen a sŵn canu opera swnllyd yn dod ohoni. Mi sgwennes i lythyr hir, hir i Alex yn sôn am be o'n i wedi'i 'neud a deud wrthi 'mod i'n meddwl amdani'n gweithio yn siop sgidie Clarks.

9 Awst

AR ÔL CODI A MOLCHI mi es i lawr staer a chael fy sgwrs foreol efo'r bachgen ifanc *skinhead,* a styd yn 'i glust, sy'n rhedeg y siop ffrwythau. Mae o'n mynnu rhoi blodau yn erbyn drws y fflat, a dwi'n gorfod 'u symud nhw bob bore. A bob tro dwi'n tynnu 'i sylw fo at y peth, dwi'n cael *déjà vu* anferth achos mae o bob amser yn edrych yn shocd, fel tasa gynno fo ddim syniad be sy'n mynd ymlaen.

Roedd Stryd Fawr Rhuddlan yn brysur a'r tywydd yn braf, braf ac ro'n i wrthi'n cerdded at y car pan glywes i lais y tu ôl imi'n galw, 'Lle mae'n jaced i'r diawl?' A phwy oedd yn cerdded tuag ata i ond Al Bach, jyst yn 'i jîns a'i fwts. Mi rois i lifft fewn i'r Maes iddo fo ond ches i ddim gwybod sut roedd o wedi cyrraedd Rhuddlan na dim. Roedd Al yn deud 'i fod o wedi bod ar goll heb 'i siaced ledr ddu, achos dwi'n nabod Al ers tua dwy flynedd a bob tro dwi'n 'i weld o mae o'n gwisgo'r jaced 'ma efo 'Anhrefn' ar y cefn. Dwi byth yn gallu penderfynu i bwy mae Al yn edrych debyca – Charles the First neu Iesu Grist.

Daeth Nia Rowlands mewn i'r babell pnawn 'ma, a siarad yn manic am tua hanner awr am y gigs roedd hi 'di bod ynddyn nhw. Wedyn, dyma hi'n cychwyn *chatio* Dwyryd fyny – hogyn dwy ar bymtheg o Dyserth sy'n olygus, sborti a chyfoethog ac sy'n helpu yn y babell drwy'r wythnos. Beth bynnag, doedd ganddo fo ddim diddordeb yn Nia; mae o wedi syrthio mewn cariad efo'r hogan 'ma o Ddyffryn Clwyd, hogan *sweet* iawn. Daeth hi mewn heddiw ac roedden nhw'n siarad yn swil, swil efo'i gilydd am be oedden nhw'n mynd i'w 'neud. Roedd Dwyryd yn deud wrtha i y basan nhw'n mynd lawr i'r traeth am dro achos 'di o byth yn mynd i gigs.

Ar ôl gweithio drwy'r dydd, yfed Aqua Libra a bwyta *lamburgers*, mi es i a Dwyryd 'nôl i'w garafán, a chyfarfod 'i rieni o. Roedd hi'n garafán mor hyfryd ro'n i'n gorfod tynnu'n sgidie ffwrdd cyn camu mewn. Unig blentyn ydi Dwyryd ac mae'i rieni o dipyn yn hŷn na'r cyffredin. Mi wnaeth o baned o de imi efo llefrith off ac mi gaeth o row.

Ar ôl paldaruo am dipyn am Ddyffryn Clwyd mi es i draw i garafán Llywelyn a Menna gan 'mod i wedi trefnu mynd am sesh i Abergele efo nhw. Roedd Llywelyn mewn mŵd ofnadwy achos bod Gareth heb droi fyny, ac roedd Menna'n cael strancs achos 'i bod hi ddim yn gwybod be i'w wisgo. Fe dreuliodd hi tua awr yn trio gwisg newydd ymlaen bob pum eiliad – dwi erioed wedi gweld cymaint o ddillad ffasiynol, yn grys Cadburys Catatonia, crys Oasis a ballu. Roedd Llywelyn yn mynd yn boncyrs, yn gweiddi arni hi, ac yn slamio cypyrddau, ac roedd Menna yn mynd yn fwy ac yn fwy strempllyd, ac roedd dillad yn hedfan i bob man. Roedd y sefyllfa mor manic mi orweddes i wrth y ffenest a sbio ar bawb yn cerdded ar hyd y maes carafannau.

Dwi'n caru gorwedd wrth ffenest flaen carafán yn y Steddfod, achos mae 'na wastad lwyth o bobl ifanc mewn dillad gwallgo, rhyfedd, trendi yn cerdded heibio yn gwneud sŵn. Roedd Menna wedi dechre crio pan gerddodd y tri tlwsberson ifanc 'ma mewn i'r garafán: dau fachgen ifanc, *tanned* mewn dillad rêfi, a hogan osgeiddig oedd yn secs pur, efo top tyn 'Fuct' a jîns efo blodau drostyn nhw i gyd. Dyma nhw jyst yn eistedd lawr ac edrych yn mwdi a thlws a mymblo ambell beth yn eu Saesnegymraeg gore. Rhoddodd y ferch un edrychiad, 'Tydw i'n brydferth, ti'n lwcus bod ti'n sbio arna i,' ac mi 'naeth un o'r bechgyn ddeud 'Hy!' yn ddirmygus wrtha i. Wedyn, fe ddechreuon nhw siarad am eu trefniadau i fynd i Fanceinion y noson honno i Cream fel tasen nhw'n llawer rhy cŵl i fod yn yr Eisteddfod, yn y garafán hon, yn ein cwmni, yn fyw.

Ges i lond bol ar ffrae Llywelyn a Menna, a'r

bobl cŵl, so mi benderfynes i fynd i weld William Jones, y pregethwr, yn fferm y Morfa – un o'r ffermydd mawr grawn a llaeth ar y gwastatir rhwng Rhuddlan ac Abergele. Pan gyrhaeddes i'r buarth, mi ddechreues i deimlo 'chydig yn swil achos 'mod i heb fod yno ers dros ddwy flynedd. Mi gerddes i i'r cefn a fan'no roedd yr hen Wil; felly mewn â fi i'r gegin, ac mi ges i groeso cynnes. Roedd Mr.Jones yno yn ysgwyd 'n llaw i efo'i ddwylo mawr a'i wasgiad caled, Mrs.Jones yn glên ac yn chwerthin, Abraham oedd yn ugain ac yn edrych fel *surfer* neu fel rhyw gowboi cŵl, ac yn eistedd 'nôl yn ei gadair yn hamddenol a jyst yn edrych arna i, a Gwenllian. Roedd hi'n un deg saith erbyn hyn, wedi tyfu o'r hogan fach ro'n i'n cofio i fod yn ferch ifanc, dlws.

'Naethon ni sgwrsio am dipyn ac mi ges i baned hyfryd a chacen ac wedyn dyma fi'n cynnig y dylen ni, y rhai ifanc, fynd allan. Ar y gair, dyma Abraham, Gwenllian a William yn diflannu fel un gŵr i folchi fel taswn i wedi rhoi rhyw orchymyn dwyfol.

Cynigiodd Mr.Jones ein bod ni'n mynd i weld y coed helyg tra oedd y lleill yn paratoi i fynd allan. Mi gerddon ni ar hyd y buarth a draw at sied newydd y Morfa – sied anferth – a dyma Mr.Jones yn gafael yn handlen fechan y drws hollol anferthol yma a'i lusgo fo ar agor. O 'mlaen i roedd mynyddoedd o rawn yn dwyni melyn, ac mi suddes i ’nwylo i’w ganol. Yn ôl Mr.Jones, roedd ’na foi o ryw gwmni grawn yn yr Amwythig wedi deud wrtho fo mai dyma’r grawn trymaf ym Mhrydain i gyd. Ges i lond poced ohono fo, ac mi gerddon ni lawr yr hen lôn glai sy’n arwain rhwng dau wrych o ddrain ar hyd canol caeau’r Morfa am tua milltir, a minna’n cnoi’r grawn blasus yr holl ffordd.

Gerddon ni draw at y rhes o goed helyg roedd Mr.Jones wedi’u plannu ar ochr ffos. Dechreuodd o sôn am ei dir a’i goed ac am natur yn gyffredinol efo’r fath gariad angerddol tra o’n i’n sbio ar batrwm tlws y dail yn ddu yn erbyn awyr las y gwyll ac yn ysu’n dawel bach am allu teimlo ’run fath.

Ymhen ’chydig, es i a’r tri arall yn y car i Landudno i weld gig Gorkys yng Nghanolfan Aberconwy. Roedden nhw’n ffraeo’n ddi-baid, ond rywsut ges i sgwrs fach efo William am ei bregethau diweddara. Ar ôl cyrraedd, mi fues i ac Abraham yn dawnsio am yn hir – yn bopio fyny ac i lawr; roedd Abraham wrth ’i fodd efo’r moshio, ac mi oedden ni’n dau yn chwys diferol wrth fownsio yn erbyn pobl eraill chwyslyd.

Dechreuodd Wil edrych yn ddig ar ôl tipyn achos ’i bod hi’n hwyr so mi aethon ni i orwedd ar y ffrynt, ar y concrid oer, yn rhes flêr; ro’n i’n gallu teimlo’r awel oer yn oeri ’nghroen i. Pan oedd Gwenllian wrthi’n sbio ar y sêr dyma hi’n gofyn imi, 'Wyt ti'n credu mewn Duw?' 'Na,' medda finna, a dyma Gwenllian yn dechre siarad fel tase hi'n adrodd barddonaieth am mor rhyfedd oedd bywyd a marwolaeth, am mor rhyfedd oedd meddwl am y blaned yn hedfan drwy'r gofod, ac am mor rhyfedd oedd y ffaith ei bod hi'n fyw; ac roedd hi'n adrodd y cwestiynau 'ma'n dawel, jyst yn sibrwd iddi hi ei hun. Ddeudodd Abraham ddim gair, jyst gorwedd ar ei gefn a'i lygaid ar gau.

10 Awst

MI ES I MEWN I'R RHYL yn anhygoel o gynnar y bore 'ma er mwyn chwilio am y binociwlars oren i Als. Es i rownd pob un o'r siopau gwyliau yn y dre, ac i'r farchnad agored oedd yn llawn o'r rybish rhyfeddaf: darnau o garpedi, lluniau gwydr o Elvis, doliau, gynnau plastic, llyfrau ail-law, watsys rhad, handcyffs. Doedd 'na neb arall yno achos newydd agor oedd hi a dyma'r hogan yn y stondin fferins yn gwenu arna i fel tasa hi'n 'y nabod i. Wedyn, yn Poundstretcher roedd y boi moel oedd yn agor y drws yn edrych fel tasa fo wedi bod yn disgwyl amdana i ers oes ac ar ôl hynny dyma 'na Ford Cortina'n pasio heibio a dyma'r *peroxide* yn y sêt ffrynt yn 'y mhwyntio i allan i'w chariad.

Roedd yr holl beth yn *weird* iawn, so mi ddihanges i lawr i'r ffrynt, i'r Central Café, ond roedd o'n wag, ac roedd addurniadau gwreiddiol y dau ddegau yn dal fyny, a phan es i at y cownter, dyma'r wraig 'ma efo llygaid dyfrllyd, glas yn edrych reit drwydda i. Ro'n i'n dechre teimlo fel tasa'r holl dre yn actio yn y ffilm *Night Of The Living Dead*, a minna fel rhyw gownt Draciwla ifanc yn dychwelyd.

Gyda'r nos, ar ôl bod yn gig Catatonia, aeth 'y mrawd a fi yn ôl i'r Maes Pebyll; roedd y maes yn dywyll ac yn llawn pobl rhyfedd yr olwg allan o'u pennau. Dwi wastad yn meddwl bod y lle'n edrych fel Uffern Hedonistaidd yn y nos – y tanau, y pebyll yn llawn o bobl ifanc yn cnychu, y sgrechiadau erchyll, y gweiddi rhyfedd.

Aethon ni draw at babell Seimon lle'r oedd Clwyd, John a Huw allan o'u pennau yn melowio allan yn llwyr i stwff Motown, a Huw yn dawsnio'n araf i *'Don't know much about...'*. 'Naethon nhw i gyd ddechre sôn am syrffio ac roedd 'na sgorio go hegar so mi es i'n ôl at y prif dân. Roedd o'n dân mawr yn llawn o bob math o bethe *weird* yn llosgi, a phwy oedd yn sefyll ynghanol y tân a'i freichiau ar led yn edrych fel y diafol ei hun ond Marc. Sgen i ddim syniad pam nad oedd o'n llosgi achos roedd y mwg yn codi o'i gwmpas o ym mhobman, ac roedd i lygaid o ar agor led y pen a'i geg o ar agor fel tasa fo ar fin deud rhywbeth.

Roedd 'na dipyn o griw yn stelcian rownd y tân, a phawb allan o'u pennau ac yn edrych yn *bored* ar antics Marc. Pwy oedd yno ond Crav. Roedd o wedi dwyn fy *super soaker* i o'r car ac yn cogio saethu Marc ac yn y blaen. Yn y diwedd mi rois i'r *super soaker* ar y tân – doedd o'n dda i ddim byd ond glanhau gwe pry cop beth bynnag. Fe gyrhaeddodd 'y mrawd o rywle ac fe gerddon ni o'r Maes Pebyll i Abergele.

Roedd y stryd yn hollol pacd efo pobl yn yfed, yn snogio, yn siarad. Aethon ni i gefn rhyw dafarn ac eistedd ar y llawr yn y *beer garden*. Roedd hi'n dywyll iawn a daeth 'na ddwy hogan i eistedd bob ochr imi a ryw hogyn ponslyd yr olwg efo nhw. Y cwbl allai'r ferch efo gwallt du, cyrliog ddeud wrtha i oedd, 'Ti'n gorjys yn dwyt… yn dwyt ti'n gorjys… mmmm? Gorjys?' Doedd 'ne ddim llawer allwn i ddweud yn ateb i hynna. Roedd yr hogan arall yn mynnu sôn am ei chariad oedd newydd orffen efo hi ac mi ffeindies i allan mai brawd Angharad oedd o, a dyma ni'n dau yn ffurfio Clwb Dympd. 'Nes i 'laru ar y sgwrs ar ôl 'chydig.

'Naeth 'y mrawd a minna lwyddo i gyrraedd tafarn Pen-y-bont jyst cyn iddi hi gau; mi ddechreuodd o siarad efo Holly, rhyw ferch mae o'n mynd efo off ac on. Mi eisteddes i lawr mewn cilfach wrth y drws a phwy ddaeth draw ond Alun Ty'n-cae ac Arianwen. Mi alwes i Arianwen wrth enw hen gariad Alun, ond dim ond chwerthin 'naeth y ddau. Aeth Arianwen i brynu rownd ac mi ordres i ddybl wisgi. Ges i sgwrs rîli da fo Al – jyst malu cachu'n braf am ddim byd o gwbwl ac am yr hen ddyddie yn yr ysgol.

Pan gerddodd 'y mrawd a fi'n ôl, roedd y stryd yn hollol wag heblaw am y carped o wydrau plastig oedd ar y llawr. Benderfynon ni alw mewn *kebab shop*, ac roedd y dyn oedd yn syrfio yn dywyll ei groen ac yn chwysu. Roedd o'n deud wrtha i drosodd a throsodd mai 'Kebab Cymru' oedd enw'r siop, ond doedd 'na ddim byd Cymreig iawn ynglŷn â'r *kebab*. Wedyn, sylwon ni ar griw oedd yn cael gêm o ffwt efo darn o rywbeth ar ganol y ffordd, so dyma fi'n joinio mewn. Ro'n i'n cicio ac yn driblo'n hapus tan imi sylwi 'mod i ar 'y mhen fy hun a bod 'na fan heddlu wrth 'y nhrwyn i. Mi ddaeth 'na gopar bach ifanc, *keen* allan a gofyn, *'Is this a football field?' 'No,'* medda fi, *'it's a road,'* ac fe edrychodd o'n gas arna i. O'n i'n teimlo wedi blino'n ofnadwy, ond mi aethon ni i bwyso'n trwynau yn erbyn ffenest siop motobeics wedyn a breuddwydio am fynd yn gyflym ar y Honda oedd yn y ffenest.

19 Awst

GYRHAEDDON NI FUARTH Cwrt yn gynnar iawn – Mam a minna – ond roedd ein holl gyd-ynyswyr wedi mynd lawr at Borth Meudwy. Felly benderfynon ni gerdded lawr ar hyd hen ffordd lychlyd i Borth Meudwy, sy'n brofiad grêt; mae'r gwyrdd o gwmpas y ffordd mor lysh, a ti'n teimlo wrth gerdded dy fod ti'n tynnu dilledyn trwm i ffwrdd efo bob cam ti'n 'i gymryd nes dy fod ti'n teimlo'n ysgafn fel pluen erbyn iti gyrraedd y môr.

Roedd yr holl *usuals* yna: y *lifers* crefyddol – nytars i gyd yn edrych yn gariadus ar 'i gilydd – un neu ddau o grystis, yr hen wragedd lysti (yr *intrepids*), criw Ynys Enlli, yr hen gwpwl Saesneg, efo'u merch ryfedd, ifanc, y gwylwyr adar efo'u llygaid pefriog sydd isio bod yn finociwlars – a fi. A fel bob un blwyddyn arall o'n i'n trio meddwl be oedd yn bod arna i.

Mi ddilynes i daith y pry tywod bach 'ma wrth iddo fo stryffaglu dros y cerrig môr llaith. Roedd y ferch oedd yn helpu i lwytho'r bagiau ar y trelar yn *real stunner* ac yn edrych yn iach ac yn gryf. Ro'n i'n rhyw fath o hanner nabod 'i mam hi so mi siarades i efo honno am oriau am y lle tân newydd roedden nhw'n bwriadu 'i gael a phob math o bethe eraill domestig, yn y gobaith o drio cael sgwrs efo'r hogan 'ma. Ond chymerodd hi ddim diddordeb o gwbl yndda i jyst edrych allan ar y môr.

Fi oedd un o'r rhai olaf i gyrraedd yr ynys ac roedd hi'n ffantastic cael cerdded ar 'y mhen fy hun i fyny ffordd Enlli eto o'r cafn – y filltir yna o ffordd sy'n mynd ymlaen ac ymlaen a chditha'n anadlu'n ysgafn ac yn rhydd ar ôl gadael bob dim diflas oedd yn pwyso arnat ti ar ôl ar y tir mawr. Mi es i i nôl y bagiau o dŷ Gwion, gwarchodwr yr ynys. Tydi o byth yn newid o un flwyddyn i'r llall, bob amser yn farfog ac yn iach yr olwg, ac yn gwenu. Wedyn es i i weld Mam ac i gael te yn Tŷ Capel cyn cerdded draw i'r goleudy.

Ar y ffordd 'nôl mi alwes i heibio Rhedynog Goch, lle'r oedd Stephen a'i fam a'i dad yn eistedd rownd y bwrdd yn cael te. Roedd brawd mam Stephen yno hefyd ac mi gawson ni sgwrs hollol *bizarre* am tua awr am bansys, a'u safle a'u pwysigrwydd nhw yn ein diwylliant ni. O'n i'n teimlo'n reit benysgafn erbyn imi gyrraedd y goleudy ym mhen draw'r ynys.

Mae byw yn y goleudy yn mynd i fod yn wych.

Dwi'n byw yn hen lety ceidwad y goleudy – tŷ mawr, gwag, tamp. Ond mae ganddo fo gegin gyfforddus a'r unig fflyshing toilet ar yr ynys, sy'n anhygoel o ecseiting. Dwi 'di dewis y stafell yn y pen achos mae 'na *generator* wrth ymyl y tŷ sy 'mlaen trwy'r amser ac, yn rhyfedd iawn, er mai'r stafell ar y pen sydd agosaf ato fo, hon ydi'r stafell dawelaf. Mae warden yr adar yn byw yma hefyd ond 'nes i ddim 'i weld o. Mi eisteddes i lawr yn y gegin, rhoi'r golau nwy ymlaen, a dechre darllen rhyw nofel gachu am yr heliwr 'ma sy'n licio saethu teigrod a lladd pobl ddu. Mi dywyllodd hi cyn imi sylwi, ac mi ddechreuodd golau mawr y goeludy droi a throi ac mi yfes i lot gormod o goffi cryf a darllen a darllen.

20 Awst

DIWRNOD HOLLOL DDIOG HEDDIW, ond un reit ryfedd hefyd. Mi ges i 'neffro tua un ar ddeg gan sŵn rhyw bobl y tu allan i'r ffenest, so mi wisges i 'nhrowsus. Roedd hi'n anhygoel o braf ac mi agores i'r cyrtens tamp, gwyrdd a phwy oedd yn dod trwy giât wen ardal y goleudy ond teulu bach – dyn, gwraig a dau fab efo binociwlars bob un. Roedden nhw i gyd wedi'u gwisgo mewn dillad o'r saith degau ac yn edrych fel teulu Americanaidd. Gwelodd un o'r bechgyn fi'n sefyll yn y ffenest a deud, 'Dad! sbia,' a daeth y dyn yn syth draw ata i. 'Duw s'mai?' medda fo, 'Ti sy'n edrych ar ôl y goleudy 'ma?' 'Ie,' medda fi heb feddwl ac mi es i 'mlaen i falu am y job. A dyma fi'n meddwl: pam ddim – gwarchodwr y goleudy!

Mi fues i'n poetsian o gwmpas yr holl adeiladau allanol wedyn. Mae gan holl ardal y goleudy ffin bendant, sef wal wen o'i chwmpas hi ac mae'n teimlo'n gyffrous iawn i fod yn berchen ar y byd bach yma. Mi es i'r ardd, sy'n llawn chwyn, cyffwrdd yr un hen goeden sydd 'na, ac wedyn cerdded at y lle lawnsio helicopters, draw i'r cut yng ngwaelod yr ardd.

Roedd hi'n boeth iawn, ac roedd y bobl o'r saith degau wedi diflannu – fel maen nhw i gyd yn dueddol o 'neud ar yr ynys. Er enghraifft wrth imi gerdded tuag at stafell injan y goleudy mi weles i griw o ferched ifanc a'u mam i gyd mewn dillad hafaidd, lliwgar yn sefyll yn reit agos at y goleudy yn siarad ond bod yr awel yn cipio eu geiriau nhw. Roedden nhw'n sefyll jyst digon pell i ffwrdd i fod yn y tes. Fues i yn stafell yr injan am tua deg munud a phan ddois i allan roedden nhw wedi diflannu.

Roedd stafell yr injan yn rhyfedd – yn fawr, yn oer, y paent yn plicio oddi ar bob dim a pheiriannau llonydd ac olew ar y llawr. Ro'n i newydd ddod allan o'r stafell pan sylweddoles i fod yna hen wraig a hen ddyn yn sefyll y tu allan i dŷ ceidwad y goleudy yn gwisgo'u dillad Sul gore, trwm er gwaethaf y tywydd braf. Mi gerddes i atyn nhw. 'Sut 'dach chi heddiw,' ebe'r hen wraig fel petai hi wedi dod i estyn cydymdeimlad; roedd hi'n anadlu'n drwm ar ôl cerdded i fyny'r rhiw. Mi siaradon ni am Sir Feirionnydd am 'chydig – roedd 'i theulu hi'n dod o Lanuwchllyn erbyn gweld – ond wnaeth yr hen foi ddim deud dim byd, jyst syllu arna i.

Yn y diwedd dyma'r hen wraig yn estyn i'w phoced ac yn tynnu allan ddarn bach o gardbord wedi'i dorri o baced cornfflêcs; arno fo roedd 'na feillionen efo pedair deilen a'r geiriau *'Good Luck'* wedi eu sgwennu mewn beiro las. Mi roddodd o yn 'n llaw i ac edrych yn ddwfn i'n llygaid i, ac er gwaetha'r haul mi aeth 'na ryw ias oer drwydda i.

Weles i ddim golwg o'r warden adar heno eto, felly dyna ble bues i ar 'y mhen 'n hun yn darllen am oriau yng ngolau'r lamp nwy yn y gegin dawel.

21 Awst

MI GES I 'Y NEFFRO bore 'ma gan Gwion, a Laura y baentwraig, yn cyrraedd ar y tractor. Mi ruthres i allan o'r gwely a thrio edrych yn brysur ond roedd yr haul llachar yn gorfodi i mi graffu. Mi wnes i goffi iddyn nhw a dyma Gwion yn dangos imi be oedd rhaid imi ei wneud yr wythnos yma, sef crafu'r paent lawr at y garreg oddi ar un o'r cutiau er mwyn ei ailbeintio fo. Dau dŵl sydd gen i – sgrafell a chŷn bach, a sgen i ddim awydd gwneud hyn o gwbwl; mi ofynnes i i Laura sut oedd y peintio yn mynd ac yn y blaen ac wedyn i ffwrdd â nhw.

Rhyw awr wedyn, ar ôl imi fod yn hitio'r wal er mwyn *show willing,* dyma Stephen yn cyrraedd a gofyn faswn i'n licio mynd yn y cwch efo fo tra oedd o'n pysgota am secars. Felly off â ni lawr i'r Cafn; roedd yna ryw hogan efo wyneb *Nepalese* yn y cwch yn barod yn ffidlo efo camera oedd tua dwy waith yn fwy na hi. Pem Pem oedd ei henw hi, ac roedd hi'n wyres i frenin Bhwtan, achos bod 'i mam hi, oedd yn arfer dod i Enlli yn y chwe degau, wedi priodi tywysog Bhwtan. Fuodd hi'n sôn am y frenhiniaeth yn eira'r mynyddoedd, a'r ffaith 'i bod hi'n mynd i fod yn ffotograffydd proffesiynol; roedd hi'n llawn o felodrama ffug-hiraethus yr *idle rich* Seisnig. Wrth i'r cwch bach wibio'n gyflym allan o'r Cafn roedd y môr yn dawel ac yn las a Steff wrth y llyw. Roedd yr haul ar 'y ngwyneb i ac mi o'n i'n hapus.

Doedd 'na ddim byd yn y cewyll cyntaf.

Gwibiodd Laurence heibio yn 'i gwch pysgota pwerus, ac mi ddechreues i chwibanu. 'Paid!' medda Steff yn gas, 'Paid, y ffŵl, mae chwistlo ar y môr yn anlwcus'. Mi stopies i'n syth, ond fedrwn i ddim gweld na gwynt na pherygl nac eneidiau coll morwyr y gorffennol.

Aethon ni rownd yr ynys heibio Maen y Bugail, lle mae duw y môr yn byw, ac allan i'r môr mawr, a Pem Pem yn clicio'n wyllt. Wedyn, agorodd Steff y throtl a sefyll fyny yn y cwch nes bod trwyn y cwch yn codi, a dyma fo'n dechre canu cân talcen slip, 'Ar y môr'. Dechreues inna weiddi canu wedyn a dyma Steff yn canu ateb, a dyma fi'n canu a fynte'n ateb 'Ar y môr' eto, ac wedyn dyma ni'n ymuno mewn cytgan wych sef 'Ar y môr...'. Roedd hi'n gân mor rhyfygus, mor llawn o afiaith, dyma ni'n 'i chanu hi mor uchel ag oedden ni'n gallu. Y cyfan wnaeth Pem Pem oedd edrych yn wirion arnon ni.

Roedden ni wedi mynd yn bell allan erbyn hyn, ac roedd Steff yn tynnu rhwyd ar ôl rhwyd fyny, yn llawn o grancod, ond daeth yna ddau secar fyny yn y diwedd a phethe fatha cimychiaid bychain tawel, tlws, tlws a lliwiau fflamau ar eu cefnau caled a theimlyddion hir. Roedd 'na ambell i gath fôr hyll, fatha siarc bach, ond roedd Steff yn eu labio nhw yn erbyn ochr y cwch ac yn gollwng eu cyrff nhw i'r dŵr tawel.

Wrth weld un o'r cathod yma'n llithro'n welw

lawr i'r dyfnderoedd 'nes i ddechre teimlo'n anghyfforddus. Draw yn y pellter mi allwn i weld niwl yn dechre rhowlio mewn ar draws y môr. Dyma Steff yn rhoi llyw'r cwch imi a chyn imi wybod be oedd wedi digwydd roedd un o'r rhwydi wedi bachu yn yr injan a honno'n farw. Yn hollol ddirybudd daeth y niwl o'n cwmpas ni ym mhobman, ac mi ddechreues i deimlo'n oer achos mi o'n i'n droednoeth ac yn gwisgo crys-T. Roedd Pem Pem wedi mynd yn hollol dawel, ac roedd y môr yn dawel, dawel, ac roedd y niwl ym mhobman, heblaw am y patshyn bach o fôr du jyst o gwmpas y cwch.

Estynnodd Steff ymlaen i dorri'r rhwyd ond gollyngodd o'r gyllell i'r môr, ac wedyn wrth estyn ymlaen i dynnu'r rhwyd dyma fo ei hun yn syrthio dros ei ben i'r dŵr. Iesgob, ro'n i wedi dychryn, o'n i'n cachu'n hun! Ond rywsut dyma Steff yn troi fel cath wrth iddo ddisgyn i mewn, felly aeth o ddim o dan y dŵr ac mi fedrodd o afael yn ochr y cwch. Ro'n i wedi troi'n welw, welw.

Rhywsut, mi dynnodd Steff ei hun yn ôl i'r cwch, a dyma fo'n trio tanio'r ail injan ond doedd honno ddim yn gweithio chwaith; o'n i jyst â chrio, ac roedd y secars yn sbio arna i fel tasen nhw'n deud, 'Mi foddwn ni di'r diawl!' ac ro'n i'n dychmygu'r cathod marw yn nofio o gwmpas y cwch, a chwch rhyfedd yn dod allan o'r niwl yn llawn morwyr 'di boddi a phob math o bethe…

Yn y diwedd mi daniodd yr injan – dyna'r sŵn gore imi glywed erioed – ac mi gychwynnon ni i gyfeiriad Solfach. 'Dwn i'm sut lywiodd Steff y cwch yn y niwl heibio creigiau Porth Solfach ond roedd o'n anhygoel. Ar y ffordd 'nôl mi ganes i yn dawel 'Ar y môr, ar y môr... Yn y môr' fel cytgan ac fe wylltiodd Steff a lluchio darn o bren ata i.

Pan lanion ni ar Borth Solfach roedd Glenys a Mirain a'r plant bach i gyd yno yn chwarae ar y traeth, a phawb yn eu dillad nofio, a'u sbectols haul, yn y niwl! Roedd hi'n olygfa hollol wallgo. Aethon ni i Redynog Goch wedyn a chael te a tharten afalau, yr un fwyaf blasus ges i erioed. Ges i fenthyg slipars Steff achos bod 'y nhraed i mor oer, ac mi gerddes i draw i Tŷ Capel. Roedd y niwl wedi mynd erbyn hyn ac roedd hi'n dechre nosi'n braf.

Gawson ni barti mawr yng ngardd Tŷ Capel yn ystod y nos – Elin Blaenau ar y delyn, pasta ffantastic, a lot, lot o win. Aeth y sgwrs ymlaen ac ymlaen i'r nos; merched oedden nhw i gyd. Adroddodd Elin ac Elen bennill i 'mrwsh dannedd i achos 'mod i wedi'i golli o.

Gerddes i'n ôl i'r goleudy yn feddw iawn. Ar y ffordd, mi gwarfes i Pem Pem a'i chariad – rhyw Almaenwr sadistaidd yr olwg, braidd fel Action Man blond – a dyma hi'n fy ngwahodd i i swper nos fory.

Wrth i mi nesáu at Cristin, dyma fi'n penderfynu y baswn i'n galw heibio Ed Wigs. A dyna lle'r oedd o'n eistedd y tu allan yn 'i shorts gwyn a'i gap criced efo criw mawr o adaryddwyr eraill. Fo oedd yn diddori pawb fel arfer, ac mi ges i 'nghyflwyno i'r adaryddwyr eraill 'ma i gyd: rhyw foi *creepy* o'r enw Mike, Ian, y warden adar (o'r diwedd!), boi bach *wiry* o Newcastle, hogan ryfedd yr olwg o'r Alban, a dwy hen wraig dew, hapus. Roedd hi'n dywyll bitsh a rhyw hanner gweld y bobl 'ma i gyd oeddwn i, ac roedd pawb fel tasen nhw'n chwerthin am y pethe o'n i'n deud wrth Ed Wigs.

Ar ôl tipyn dyma Ed yn deud 'i fod o wedi trefnu cyfarfod Steff, so dyma ni'n cerdded o Cristin ar hyd y llwybr mynydd, heibio'r ysgoldy, a phwy ddaeth allan o'r tywyllwch hanner ffordd at Rhedynog ond Steff. Mi steddon ni lawr yn y fan a'r lle. A dyna lle buon ni'n yfed cwrw am oriau, a sbio ar y sêr, a sôn am ferched. Ac ar ôl inni fod yn meddwl am y peth hyn a'r peth arall, dyma ni'n dechre lluchio caniau cwrw at 'n gilydd ac ymladd.

22 Awst

MI DDEFFRES I'N GYNNAR am ryw reswm a mynd allan am 'chydig i'r haul i weithio. Ond roedd o'n waith diflas iawn, felly mi gerddes i draw at y Maen Du a lawr yr hafn cyfrin yma – dim ond fi sy'n gwybod amdano fo – ble mae'r dŵr yn ddwfn ac yn ddu rhwng y creigiau, ble ti'n gallu cuddio a ble mae'r morloi yn nofio. Ac fe ddaeth 'na hen forlo anferth efo creithiau drosto fo i gyd a nofio ar ei ben a chwythu a chwyrnu a gwneud sŵn ofnadwy. Yn y diwedd dyma'r morlo yn 'y ngweld i a dychryn. So mi es i yn ôl i docio wal y cut.

Fues i'n tocio drwy'r dydd, tyllu'r wal a chael yr hen baent i ffwrdd. Yn y pnawn mi es i fyny i gaeau'r Plas i gael gêm bêl-droed, a chyfarfod Pem, Sophia, Lucy, a Marcus a phawb. Sgwennes i gerdyn i Alex yn sôn am be o'n i 'di bod yn 'neud. Ar ôl y gêm aeth Ed, Steff a fi i'r Plas i weld lluniau Brenda Chamberlain eto. Pan oedden ni'n siarad efo Mair y tu allan roedd Carys fach a'i chwaer yn taflu cerrig aton ni o'r ffenest uwchben, a phan aethon ni fyny staer i weld y lluniau dyna lle'r oedd y ddwy ohonyn nhw yn giglo yn eu llofft. So fe ruthrodd Ed mewn i'r llofft a deud wrthyn nhw 'i fod o efo Heddlu Gogledd Cymru a'i fod o'n ymchwilio i mewn i achos o daflu cerrig, ac aeth y ddwy yn dawel iawn. Wedyn dyma Mair yn dechre deud pethe embarasing fel, 'Esgob taswn i ond yn ugain oed eto...' a ' 'Dach chi ond wedi dod yma i weld y genod ifanc yma, 'ndo hogia?' Benderfynon ni adael ar frys.

Fe gychwynnodd Ed a fi yn ôl i Cristin ac aeth Steff adre. Weles i *friendship bracelet* werdd hyfryd i Als yn y siop, felly mi es i i dŷ warden yr ynys i dalu amdani. Rhyw hipis Saeson ydyn nhw efo dau o blant bach budr; maen nhw'n byw mewn beudy i bob pwrpas, efo croglofft a phopeth blith draphlith. Roedd Ed yn brysur yn chwarae efo'r ci so mi es i at Mam yn Tŷ Capel i chwarae 'cuddio'r cwshin' efo Cynyr bach.

Pan oedd hi newydd ddechre tywyllu, daeth Stephen draw ac mi aethon ni i Nant i gyfarfod y Saeson oedd yn byw yno. Roedd ganddyn nhw fwrdd yn llawn o fwydydd anhygoel – cranc, cimychiaid, llysiau ffantastic, a'r gwin gore. Roedd Sophia yn wyres i Liberty's a Lucy yn dod o ryw deulu arall cyfoethog. Dechreuon nhw ddweud fel roedden nhw'n mynd i sgini-dipio bob nos, a sôn am eu tripiau nhw yn Ewrop. Roedden nhw'n Fohemaidd iawn ac yn *'charmed'* efo'u dau bympcin Cymraeg, ac roedd Steff a fi'n 'i hamio hi fyny bob gafael, 'Duw *yes*' a rhyw falu felly ac yn yfed mwy a mwy o win.

Yn y diwedd mi ges i lond bol, felly dyma fi'n

deud wrthyn nhw y baswn ni'n adrodd stori am Tŷ Nant. Ac mi ddeudes i wrthyn nhw am Caradog, oedd yn anghenfil o ddyn, ac am y babi bach wnaeth farw a Charadog yn cadw'r babi mewn drôr er mwyn i'r plant gael doli i chwarae efo fo. Mi ddeudes i lot o *horror stories* eraill hefyd – am y gwallgofddyn Pwylaidd oedd yn ymladd ar lawr y Plas efo'r diafol bob nos yn y pum degau ac fel roedd o wedi trio lladd Brenda Chamberlain efo bwyell. Erbyn imi orffen roedden nhw i gyd wedi mynd yn dawel iawn ac roedd eu llygaid nhw'n fawr. Aethon ni wedyn.

Roedd Sioned, yr is-warden, yn cael parti hefyd, ac mae hitha yn byw mewn beudy mawr dros y ffordd i Nant, efo waliau cerrig, llawr cerrig, dodrefn henffasiwn a chroglofft; a deud y gwir, mae'r lle'n edrych fel set S4C o dŷ canoloesol neu rywbeth. Roedd 'na dipyn yno, gan gynnwys Gwion efo'i ffidil, Elin Blaenau efo'i thelyn, a rhyw foi efo gitâr *bluegrass*, ac mi fuon ni'n canu caneuon gwerin Cymraeg a Saesneg am oriau ac yn yfed cwrw cartref Sioned. Roedd y teulu crysti, cyfoethog 'ma sy 'di bod yn dod bob blwyddyn i Ynys Enlli yno hefyd, ac roedd ganddyn nhw wynebau main, cas, ac roedden nhw'n bobl fain, Seisnig iawn a do'n i ddim yn eu licio nhw o gwbwl.

Yn hwyrach dyma Steff a fi'n cerdded lawr y ffordd a galw yn Cristin, a dyna lle'r oedd yr hen

Ed Wigs yn potran o gwmpas y lle adar. Mi eisteddon ni a dechre siarad ac yfed a dyma Helen o'r Alban yn dod lawr aton ni. Gawson ni sgwrs hir am rechian. Iesgob, o'n i'n teimlo'n braf. Wedyn dyma Ed a fi'n penderfynu y basa hi'n syniad da mynd i nofio, felly i ffwrdd â ni – Helen, Ian, Ed a minna i lawr i'r Cafn. Mi dynnodd Ed a minna ein dillad i gyd i ffwrdd a rhedeg mewn i'r dŵr tywyll. Roedd y dŵr yn oerddu fel melfed o gwmpas 'y nghorff noeth i, ac wrth imi redeg 'y nwylo trwy'r dŵr roedd cannoedd o oleuadau bach gwyrdd yn fflamio ynddo fo. Aethon ni i gyd i'r goleudy wedyn a phenderfynu ffurfio Clwb Nofio'n Noeth Dan Olau'r Sêr ar Ynys Enlli.

26 Awst

FEDRA I DDIM CREDU bod wythnos wedi mynd heibio'n barod. Ges i noson reit od neithiwr; ar ôl cael cawl efo Mam aeth Ed a fi i'r Gymanfa Ganu yn y capel, ond yn anffodus, 'naethon ni ddechre giglo a methu stopio trwy'r gwasanaeth. Roedd fy ochrau i yn brifo erbyn y diwedd. Fuon ni'n chwarae rygbi efo Cynyr am 'chydig ar ôl hynny. Roedd y peth bach yn rhedeg aton ni a ninna'n cogio methu'i daclo fo – roedd o wrth 'i fodd.

Wedyn aethon ni i Cristin i wrando ar Ian yn rhoi darlith ar 'Ganolfannau Adar yr Ymwelais â Hwynt'. Dyna'r ddarlith fwyaf od imi ei chlywed erioed. Roedd y lluniau – amrywiaeth o adar a chanolfannau gwylio adar – yn anhygoel o *boring*. Doedd y ddarlith ei hun fawr gwell: hanes Ian yn gwylio adar, Ian yn y pyb fin nos, llun o'r pyb... ac eto roedd pawb yn y stafell fach wedi eu hudo'n llwyr, ac roedd yna un *know all* yn y gornel oedd yn mynnu deud trwy'r amser, *'O yes, I've seen one of those'* ayyb.

Wrth gerdded yn ôl i'r goleudy ar 'y mhen fy hun ynghanol y tywyllwch mi gydiodd rhyw ddychryn yndda i. Ro'n i wrthi'n cerdded ar hyd y llwybr sydd ar ochr y Cafn ac roedd yr adar drycin yn sgrechian yn uchel a golau'r goleudy o 'mlaen i ar y ffordd yn goleuo pob man am ychydig ac wedyn yn gadael tywyllwch dudew ar ei ôl.

Yn sydyn, mi glywes i rywbeth trwm yn llusgo ar hyd y marian ar ochr y môr. Dyna lle mae'r morloi yn byw, ond roedd y sŵn llusgo yn dod i fyny'r traeth tuag ata i yn hytrach nag oddi wrtha i. Mi aeth 'y ngwddw i'n sych ac mi ddechreues i gerdded yn gyflymach, ac roedd sgrechian yr adar fel petai o'n mynd yn uwch, ac roedd y sŵn llusgo yn agosáu ac yn cyflymu, ac mi ddechreues i regi golau gwyn y goleudy bob tro roedd o'n golchi dros y tir rhag ofn... rhag ofn imi weld rhywbeth... Tolew, Brenin y Morloi, 'falle. Mi redes i fyny'r ffordd yn y diwedd a 'nghalon i'n curo fel gordd.

Dwi'n mynd yn ôl fory, heibio'r Little Chef ar y ffordd gyflym, glawstroffobig, adre ar y tir mawr; dwi isio aros yma wrth y môr, ar y tir hallt, braf, a'i awyr las.

10 Medi

MI GYMERODD Y DAITH ar y bws bedair awr ar hugain, ond mi gafodd Als a fi laff yr holl ffordd; a deud y gwir ni oedd yr *irritating couple from hell.*

Roedd 'na gwpwl y tu ôl inni oedd yn anhygoel o lyfi-dyfi wrth inni adael Llundain, ond wrth drafaelio trwy wlad Belg roedden nhw wedi dechre ffraeo, ac erbyn canol yr Almaen roedden nhw wedi ffraeo'n gachu rwtsh. Dyma'r bachgen yn codi ar ei draed – *'Where are you going?'* medda hi. *'To the toilet, is that OK?' 'What, you're going to leave me here on my own are you?' 'Why, do you want to come to the toilet with me?'* ac yn y blaen tra oedd Als a fi'n trio'n gore i beidio â chwerthin.

Roedd yna frawd a chwaer wrth ein ochr ni gafodd ddim byd i'w yfed na'i fwyta yr holl ffordd ond un can o Tango, ac yn y sêt o'n blaenau ni roedd 'na hogan Tsieineaidd yn gwrando ar gerddoriaeth glasurol ar ei *walkman.* Mi fuodd

Als a fi'n chwerthin, bwyta, chwarae efo whistli pops a snogio y rhan fwya o'r ffordd ac roedd pawb yn edrych yn disgysted arnon ni.

Rhywdro ynghanol y nos mi ddeffres i, ac roedd y bws yn dawel, dawel ac yn dywyll wrth iddo griwsio lawr rhyw *autobahn* yn rhywle. Roedd y golau nos gwyrdd ymlaen, ac mi o'n i'n edrych ar yr holl unigolion 'ma yn cysgu o 'nghwmpas i ac yn meddwl am yr haf a dychmygu sut fath o garreg filltir oedd o ym mywydau pob un ohonyn nhw, ac i ble oedden nhw'n teithio mewn gwirionedd, a sawl diafol oedden nhw wedi'i adael ar eu hôlau...

Roedd hi'n daith reit ddiddorol; Antwerp yn llawn adeiladau diddorol, Brwsel yn fodern, yn ymosodol ac yn ffiaidd, a'r Almaen mewn tywyllwch. Yr unig beth ro'n i'n ymwybodol ohono fo rhwng hanner breuddwydio ac effro oedd ambell i *transport café*. Bob yn hyn a hyn, wrth inni agosáu at Tsiecoslofacia, roedd y bws yn cael ei stopio, a heddlu arfog yn dod arno ac yn mynnu cael gweld pasport pawb. Roedden nhw'n chwilio am ryw ddau Awstraliad mae'n debyg, ac mi oedd gen i eu hofn nhw.

Roedd croesi mewn i Tsiecoslofacia yn brofiad od iawn achos mi oedd hi'n wlad o gaeau gwastad a fforestydd hyfryd a phentrefi modern hyll, tlawd. Roedd Prâg ar y llaw arall yn fawr ac yn edrych yn reit smart. Gyrhaeddon ni'r orsaf fysys yn y diwedd, a daeth pawb ffwrdd. A dene fo, i ffwrdd â'r bws a doedd yna ddim un arwydd yn deud wrthan ni lle'r oedden ni. Suddodd 'y nghalon i. Trwy lwc, wrth ymyl yr orsaf fysys roedd yna hotel fawr, binc, garbynclaidd, o'r enw Don Giovanni, ac mi ffeindion ni ffôn yno.

Roedd Huw newydd ddeffro, a dyma fi'n egluro lle'r oedden i. Mi eisteddon ni yn yr haul i ddisgwyl i Huw gyrraedd, ac mi wnaeth o – mewn BMW du, newydd sbon danlli; roedd hi'n rhyfedd gweld hen ffrind ysgol ym Mhrâg mewn BMW. Mi aeth o â ni am *guided tour* o'r ddinas, ac mi sgrialodd o rownd a rownd y strydoedd cerrig ar sbid erchyll, a'r cwbl oedden ni isio mewn gwirionedd oedd mynd i gysgu. Roedd fflat Huw reit wrth ymyl yr hotel Don Giovanni, yn un o adeiladau modern, llwyd, dipresing Prâg; mae cyrion y ddinas yn llawn ohonyn nhw, a phob un yn hollol ddigymeriad. Wedi deud hynna, roedd tu mewn i fflat Huw yn anhygoel o fawr a braf er bod dŵr y bath yn felyn oherwydd y copr.

Gyda'r nos mi gafodd Als a fi dacsi lawr i ganol y ddinas, ac mi aethon ni i'r Prague State Opera i weld *Nabbucco.* Roedd tu mewn yr adeilad yn ffantastic, yn llawn aur a glas ac mi oedden ni mewn seti reit y tu ôl i'r arweinydd – mi faswn i 'di gallu pwyso 'mlaen a chwarae efo'i glust o. Felly roedden ni'n gallu edrych ar berfformiad y gerddorfa a'r perfformiad ar y llwyfan. Roedd pob dim mor ffantastic. Roedd Alex yn edrych mor dlws... ac mi o'n i wedi gwisgo fyny ac roedden ni ym Mhrâg, yn yr opera, ac mi o'n i'n teimlo fel brenin, fel miliwnêr.

12 Medi

'NAETHON NI GYFARFOD IESTYN lawr yn Sgwâr St.Wenceslas am un o'r gloch. Mae o yma i gyfarfod â'i gariad, Joanne, sy'n gweithio ym Mhrâg yn dysgu Saesneg. Mi gerddon ni o gwmpas y sgwâr am 'chydig ond roedd Iestyn yn cwyno am bris y cwrw er mai dim ond pymtheg ceiniog y peint oedd o. Aeth o yn ôl i fflat Joanne ac mi aeth Als a fi o gwmpas y ddinas law yn llaw.

'Naethon ni gyfarfod rhyw Americanes erchyll o'r enw Kirsty mewn rhyw gaffi amser cinio; '*Gee, guys, come and join me,*' medda hi a threulio'r awr a hanner nesa yn sôn am ei theithiau rownd y byd ac am gerdyn credid aur *mommy and daddy,* am y paentiwr a'i gariad, a'r ffaith ei bod hi wedi cysgu efo hwnnw y noson o'r blaen.

Ar sgwâr yr hen dre roedd 'na lot o bobl ifanc yn perfformio. Aethon ni lawr un o'r strydoedd cefn a chael coffi a chacen anhygoel mewn caffi bach, yna croesi Pont Charles a rhwbio delw St.John, y merthyr a daflwyd i'r afon. Buon ni'n edrych ar y paentwyr yn tynnu lluniau pobl am sbel, ac wedyn mi eisteddon ni am tua hanner awr mewn cilfach ar y bont yn gwylio dyn bach efo pyped yn dawnsio ac yn canu rhyw gân wych. Cerdded i'r rhan ganoloesol wedyn, fyny i'r castell, a sylweddoli mai dim ond tri pheth sydd yn y siopau: gwydr lliwgar, pypedau pren erchyll, a masgiau serameg gwaeth fyth.

Yn hwyr y prynhawn aethon ni i'r *James Joyce*, tafarn Wyddelig y ddinas, lle mae'r cwrw'n ddrud a'r lle'n llawn o orllewinwyr ifanc, cyfoethog. Gawson ni gyfarfod holl gydweithwyr Huw – criw o ddynion o bob oed, yn ymfalchïo yn faint o eiddo'r ddinas roedden nhw wedi ei werthu y diwrnod hwnnw. Roedden nhw'n siarad yn uchel, yn fas, yn rhochfawr am ryw, am werthu, ac am bres, ac am fwy o bres. Ro'n i'n teimlo'n sâl erbyn y diwedd. Roedd pob un ohonyn nhw'n ddiwahân yn casáu pobl Tsiecoslofacia â chas perffaith.

Ar ôl yfed dipyn yn fan'no mi gerddon ni i'r sgwâr. Ar ôl i Andrew brynu llond crât o gwrw, dyma ni'n neidio mewn i dacsi a thrafaelio ar draws y ddinas i dafarn Americanaidd oedd fel neuadd fawr a honno'n llawn ac yn fyglyd. Roedd y cwrw yn cyrraedd mewn gwydrau anferth ac roedd ganddyn nhw'r *pizzas* mwyaf weles i erioed.

Ymlaen â ni wedyn i chwilio am barti Joanne, cariad Iestyn. Aeth y tacsi allan i gyrion y ddinas am filltiroedd, i ardal arw oedd â rhesi a rhesi o fflatiau mewn tyrau llwyd yn ymestyn am filltiroedd, fel cerrig beddi anferth.

Yn y diwedd dyma'r boi tacsi yn dechre gweiddi arnon ni a'n dympio ni; wrth lwc doedden ni ddim yn bell o fflat Joanne. Doedd 'na ddim golau yn yr un o'r fflatiau eraill erbyn gweld. Roedd y lle'n fach fel bocs a phob math o bethe lliwgar yn gorchuddio'r waliau. A dyna lle'r oedd yr holl athrawon ifanc 'ma'n yfed pynsh oren, ac roedd 'y mhen i'n troi achos roedd o'n rhy *weird*. Gorweddodd Als a fi ar fatres ar y llawr a chusanu a dechreuodd realiti ddod yn ôl. Roedd pawb yn camu drostan ni fel tasan ni ddim yno, a doeddwn i ddim yn teimlo 'mod i yno.

14 Medi

Mi ddeffres i'n gynnar heddiw a gadael Als i gysgu. Es i allan o'r fflatiau ar hyd y brif ffordd i weld bedd Franz Kafka ym mynwent newydd yr Iddewon. Ro'n i'n gorfod gwisgo cap bach Iddewig ac roedd 'na gerrig bach ar y beddi i gyd. Mi sefes i wrth fedd Kafka a thrio meddwl am rywbeth ond allwn i ddim.

Ar y ffordd 'nôl mi es i un o'r stondinau blodau oedd ar hyd ochr y ffordd. Edryches i ar un stondin ond roedd 'na olwg marwaidd ar y blodau, ac er i'r hen ddynes edrych yn llawn ymbil arna i mi es i at stondin arall oedd yn edrych yn fwy llewyrchus a phigo blodyn melyn. Pan gyrhaeddes i'n ôl i'r fflat roedd Als yn dal i gysgu felly mi osodes i'r blodyn ar ei chorff hi. Deffrôdd hi'n sydyn ac edrych ar y blodyn a dychryn drwyddi a dechre crio. Roedd y blodyn yn ei hatgoffa hi o angladd ei thaid, ac wrth ei gweld hi'n crio aeth 'na gryndod drwydda i i gyd fel taswn i'n ymwybodol bod 'na rywbeth am ddigwydd. Mi ollynges i'r blodyn lawr shafft sŵn sydd ynghanol y fflatiau – simneiau tamp, nad oes 'na ddim ffordd o gamu mewn iddyn nhw. Wrth i'r blodyn ddisgyn o 'ngafael i o ffenest y bathrwm, mi feddylies i am yr hen wraig ar y stondin flodau ac am beth allai ddigwydd.

Yn y prynhawn mi ddeudodd Huw y basa fo'n mynd â ni am dro i ryw eglwys anhygoel yn Kuckno Hora, rhyw bum deg milltir i'r dwyrain. Roedden ni'n swmio ar hyd ffyrdd syth Tsiecoslofacia yn y BMW trwy bentrefi anhygoel o dlawd yr olwg ac weithie bydde'r ffordd yn troi'n gerrig yn gwbwl ddirybudd a'r car yn clecian. Ac roedd Huw yn deud wrtha i cymaint roedd o'n hoffi'r wlad a toeddwn i ddim yn ei ddeall o o gwbl.

Roedd yr eglwys yn Kuckno Hora yn edrych yn od iawn o'r tu allan, a'r tu mewn roedd pob dim wedi ei addurno efo esgyrn pobl o'r fynwent ar ôl i ryw fynach fynd yn nyts yn y ganrif ddiwetha a dechre shifftio sgerbydau pawb o'r fynwent i'r eglwys. Roedd o wedi gwneud siandelïers a bob math o addurniadau rhyfedd allan o'r esgyrn, ac ym mhob cornel o'r eglwys roedd 'na bentyrrau ar bentyrrau o benglogau mud yn syllu arnon ni. Roedd Als a fi'n hollol dawel – ro'n i'n methu credu bod pob un o'r penglogau yma wedi bod yn berson oedd yn siarad, yn gwenu, yn caru ac ro'n i'n trio dychmygu'r bobl hynny, yn ferched ac yn ddynion, yn dyner, yn ofnus, yn gariadus, yn gweiddi, a meddwl cymaint fydden nhw wedi ei roi i gael 'y mywyd i – er mor bitw oedd o – a pha mor hurt o beth oedd dal 'nôl yn y byd hwn, ac y dylid dyrchafu pleserau'r cnawd uwchlaw pob dim... ac ro'n i'n methu stopio meddwl am y blodyn melyn, melyn yn edwino yng nghwaelod y pydew tywyll, tamp yna ynghanol Prâg.

Ar y ffordd allan mi gusanes i wefusau meddal Alex; ro'n i'n ysu am flas tyner ei cheg hi. Roedd arogle ei chroen hi'n llenwi fy synhwyrau i'n llwyr, a'i llygaid byw hi yn 'y nhynnu i oddi wrth grechwen socedi gweigion llygaid y meirw.

Alex yn mynd i Rydychen, a'r Gaeaf

20 Medi

GAWSON NI BARTI MAWR yn nhŷ Als heno; roedd pawb yno – chwaer Als, ei mam a'i thad, Ross, Danielle, Morgan, Kelly, a'r criw yna i gyd. Roedd Als yn edrych mor hapus yn eistedd ar gadeiriau haul efo'i holl ffrindiau yn y gornel wrth y giât, yn siarad bymtheg y dwsin am ei chynlluniau hi yn Rhydychen. Mi o'n i'n gorwedd ar y llawr efo Andrew a Ross yn trafod oeddwn ni'n hen ai peidio a minna'n chwech ar hugain oed. Doedd Ross ond yn bymtheg, ac fe ddeudodd o 'mod i'n hen ac ro'n i'n teimlo'n ddig.

Roedd tad Alex wrth y barbeciw yn siarad am golomennod efo'i ffrindiau colomennod ac mi es i ato fo i sôn am ein hieir ni gartre ac mi gawson ni sgwrs *bizarre* am ieir yn methu hedfan. Wedyn, esboniodd o sut mae rasio colomennod yn gweithio.

Erbyn diwedd y nos ro'n i ac Als wedi dianc i stafell ei rhieni hi. Mi ofynnes i iddi hi fasa hi'n aros efo mi ac mi ddeudodd hi y basa hi, ac yna mi ddaeth ei thad mewn a gweiddi dros bob man 'i fod o wedi'n ffeindio ni yn ei wely o. Ac roedd pawb ar y ffordd adre ac yn dod i mewn i'r stafell i ffarwelio efo ni.

26 Medi

SESH WYCH YN RHYDYCHEN efo Als, Am, Erin ac Alistair. Mi aethon ni i Tesco yn y bore efo Amajiht ac mi gwynodd hi am ei chariad, Janta, yr holl fordd. Dreulion ni'r prynhawn cyfan yn y fflat yn Crescent Hall ar Holloway lle bydd Als yn aros yn ystod ei blwyddyn gyntaf, yn meddwi ar win coch, yn gwrando ar Armen o Moscow ac Edward o Hong Kong yn ffraeo am gyfraith ganoloesol, ac yn cael ffrae wych efo Am ynglŷn â a ddylid cyfreithloni rhyw cyhoeddus. Roedd hi'n mynnu y base gweld rhyw yn gyhoeddus yn brifo plant bach yn seicolegol ond o'n i'n dadlau mai mwya naturiol fase rhyw, lleia o hangyps fase 'na ynglŷn â fo.

Erbyn tua phump roedd Als a fi mor *pissed* nes i ni ddechre rhowlio o gwmpas ar lawr y gegin a gadawodd y lleill i gyd. Ar ôl hir a hwyr roedden ni'n cerdded lawr Gypsy Lane a heibio Headington Hall lle'r oedd Robert Maxwell yn byw – fan'na mae undeb myfyrwyr Oxford Brookes erbyn hyn mae'n debyg. Dwi'n cofio cyrraedd rhyw dafarn a siarad efo James a Ian, dau ddrygi bach hapus, ac wedyn dwi'n cofio syrthio ar y llawr mewn Indians a rhyw *waiter* yn gwylltio efo fi. Yn anffodus, roedden ni'n dau mor sâl erbyn cyrraedd yn ôl fel ein bod ni wedi chwydu dros y stafell i gyd. Diwrnod o Vanish fory.

Es i at y ffenest tua dau o'r gloch y bore i gael awyr iach, ac i weld a welwn i'r *dreaming spires*, ac roedd yna ddau fachgen bach tua deg oed yn sefyll y tu allan i gefn eglwys gyfagos. So mi ges i sgwrs efo nhw am bwy oedd eu hoff grwpiau nhw a be oedden nhw'n feddwl o Gymru. O'n i'n teimlo'n well wedyn.

Dwi'n edrych ymlaen gymaint at ddod i ymweld â Alex yn Rhydychen y dair blynedd nesa 'ma; dwi'n cael gymint o laff efo hi a efo'i ffrindiau newydd, diddorol. Mae *Ball* adran y gyfraith y penwythnos nesa.

Dwi 'di cael blwyddyn mor ffantastic, mor fendigedig, mor ysol braf, dwi'n byrlymu; mae bywyd yn beth mor wych, yn gymaint o laff, yn barti parhaol.

7 Rhagfyr

RO'N I WRTHI'N DEUD wrth Martin am y penwythnos anhygoel gawson ni pan ddaeth yr alwad ffôn gan Alex. Y cwbl ddeudodd hi oedd, 'Ty'd adre rŵan'. Mi gerddes i'n syth allan o'r gwaith a chamu mewn i'r car ac mi o'n i'n gwybod bod rhywbeth wedi digwydd. Wrth ddreifio i Riwbeina roedd popeth yn rasio'n wyllt yn 'y mhen i. Oedd ei mam hi wedi'i lladd ar ei ffordd i'r gwaith? Oedd ei chwaer hi wedi cael ei threisio ar y ffordd i'r ysgol? Ai rhwbath ynglŷn â'r ci oedd o? Pan gyrhaeddes i'r tŷ roedd 'na gar heddlu y tu allan. Roedd un aelod o'r teulu wedi marw. Fe dynhaodd 'y nghalon i, ac mi deimles i'n benysgafn ac mi ges i awydd mor gryf i droi rownd a dreifio adre, dreifio i ffwrdd.

Heddwas ifanc atebodd y drws, a dyma fo'n deud wrtha i yn gwbl ddifater, *'Your girlfriend's father has died'*. Doedd gen i ddim syniad be i'w ddeud. Mi es i drwodd i'r stafell fyw, eistedd lawr wrth ymyl Alex a gafael amdani yn dynn, dynn. Roedd ei llygaid hi'n llawn ofn. Ddeudes i fawr o ddim byd, jyst eistedd yno yn sibrwd cysuron drosodd a throsodd.

Dwi erioed wedi dychryn gymaint yn 'y mywyd. Roedd fy llygaid i'n agored, agored fel taswn i wedi deffro o freuddwyd hapus i glywed sgrech ar noson oer, ac mi o'n i'n teimlo mor effro, mor noeth, mor real. Mi allwn i deimlo 'nghnawd, a siâp 'y nghorff i, ond ro'n i'n teimlo 'mod i wedi crebachu i ddim byd ond ofn pur, doeddwn i ddim yn gallu credu beth oedd wedi digwydd – bod 'y nghariad tyner, annwyl i wedi colli ei thad. Tasa 'na ddyn wedi ymosod arni hi mi allwn i ei hamddiffyn hi efo 'nyrnau – ond mae Angau wedi ymosod arni hi, a fedra i wneud dim.

11 Rhagfyr

NOSON CYN YR ANGLADD. Mae'i thad hi yn y stafell ffrynt yn ei arch, yn y tŷ mae o wedi gweithio mor galed i'w adeiladu. Mae Als yn cysgu o'r diwedd. Mae gen i ofn mynd i gysgu, i rannu cwsg efo'i thad; mae gen i ofn iddo fo ddod fyny staer i ffarwelio efo Alex, a phetawn i'n ei glywed o'n curo ar y drws mi faswn i'n rhuthro i'w gau yn dynn. Mae gen i gymaint o ofn fod Alex wedi ei brifo'n ddychrynllyd fel bod gen i ofn anadlu.

14 Rhagfyr

DOEDD ALS DDIM YN GALLU STOPIO CRIO HENO. Roedd hi'n deud wrtha i drosodd a throsodd 'i bod hi isio'i thad yn ôl, ac o'n i'n meddwl amdano fo yn y bedd ac am ddyn mor neis oedd o, ac ro'n i'n methu meddwl amdano fo wedi marw. Roedd hi'n gofyn imi drosodd a throsodd oedd ei thad hi'n iawn ac oedd o'n hapus lle'r oedd o. Roedd pob cwestiwn yn gyrru iasau drwydda i.

Ar ôl rhoi sws ffarwél i Als fach dyma fi'n gyrru adre, ac roedd hi'n anhygoel o niwlog a strydoedd Caerdydd yn wag. Roedd Abba yn chwarae ar y stereo, ac ysbrydion yr holl wahanol bobl sy 'di trafaelio yn y car dros y blynyddoedd yn teithio efo mi – weithie Angharad, weithie 'y mrawd a'r grŵp, weithie Robs, a phobl o'r gorffennol dwi 'di colli pob cysylltiad efo nhw.

Mi ddreifies i rownd a rownd yn y niwl heibio cannoedd o dai yn meddwl am y bobl oedd ynddyn nhw, am eu bywydau nhw, am eu bywydau cyfoethog a lliwgar nhw sy'n mynd ac yn dod fel car yn y niwl, ac sydd byth yn cael eu cofnodi – yr holl bobl yma fydda i byth yn eu cyfarfod nac yn eu hadnabod, ac ro'n i'n meddwl am 'Cofio', 'Mynych ym mrig yr hwyr... daw Hiraeth am eich nabod chwi bob un.'

Tynyfedw, Nadolig 1995

20 Rhagfyr

WELES I ALS yn agor ei phresanta i gyd y bore 'ma: Nintendo, Hungry Hippos, dillad a CD y Cranberrys. Mi aethon ni i chwarae yn yr eira am 'chydig. Mi ddreifies i adre wedyn dros y Bannau, oedd yn wyn i gyd, a gwrando ar *Hits 95* roedd Als wedi'i roi imi: cân gan Coolio, '3 Is Family', 'Search For a Hero'. Roedd y teulu i gyd gartre, ac fe wnaeth Mam swper anhygoel, ac roedd y tŷ yn gynnes a 'ngwely fi mor gyfforddus.

Yn hwyr y nos fedrwn i ddim cysgu oherwydd 'mod i'n cael asthma, a doedd o ddim o bwys faint o *inhaler* ro'n i'n 'i gymryd, doedd o ddim yn lleddfu'r tyndra. O'n i'n dechre panicio, felly mi es i allan i'r buarth mewn crys-T a throwsus cotwm, efo gitâr a chader fach bren. Mi eisteddes i yno yn y tywyllwch a chanu'r gitâr a theimlo'r oerfel yn brathu mewn imi, ac mi fedrwn i glywed yr afon yn rhuo yng nghwaelod y cwm. Mi grynes i a chanu caneuon i'r tywyllwch, a chofio'n ôl i'r adeg pan o'n i'n bump oed pan wnes i sylweddoli 'mod i am farw un diwrnod a phan wnes i ymbilio ar Dduw am gael byw am byth. Ac roedd cordiau'r gân yn brydferth a'r geiriau yn rhai hudol, ac ro'n i'n teimlo bod y nos yn gwrando.

Mi fues i am dro hir y bore 'ma drwy'r coed a'r eira, yn dilyn ôl traed rhyw lwynog ar hyd y ffordd, a meddwl am ôl 'y nhraed inna yn yr eira. Ac er ei bod hi'n ddiwedd blwyddyn, doedd dim atgofion na meddyliau yn hel yndda i. Roedd 'y mhen i mor lân a mor wyn â'r eira.

Ar y ffordd uchel sy'n edrych draw dros y cwm ac i fyny i gyfeiriad Yr Aran mi sgubes i lond dwy law o bowdwr eira i 'nwylo a'i daflu o uwch 'y mhen i'r awyr las. Fe gwympodd yr eira yn gawod o arian mân disglair, a diflannu.

Mwy o lên gyfoes o'r Lolfa!

Eileen Beasley

Yr Eithin Pigog

Casgliad o ddeg stori wedi eu selio ar hanes Marged, angor o wraig a frwydrodd i gadw bywyd ei theulu yn grwn. Straeon hunan-gofiannol eu naws sy'n costrelu blas y gorffennol.
£5.95 0 86243 420 3

Andrew Bennett

Dirmyg Cyfforddus

Ar wyliau yng Nghymru y mae Tom pan ddaw ar draws Anna, Americanes nwydus, dinboeth yn wir. . . Ie, hon yw hi – y nofel erotig gyntaf yn Gymraeg!
£6.95 0 86243 325 8

Martin Davis

Brân ar y Crud

Pwy sydd ag achos i ddial ar y Cynghorydd Ted Jevans, un o bileri'r gymdeithas? Wrth ddadlennu'r ateb mae'r awdur yn codi'r llen ar fyd tywyll, bygythiol yn llawn cyfrinachau rhywiol. . .
£5.95 0 86243 350 9

Elis Ddu

Post Mortem

Gweledigaeth uffernol o ddoniol o'r Gymru Hon – yn llythrennol felly: campwaith unigryw sy'n siŵr o ennyn ymateb o Fôn i Fynwy!

£5.95 0 86243 351 7

Glyn Evans

Jyst Jason

O sedd ôl Morris Mil i sedd ffrynt y Myrc coch, taith ddigon egr a gafodd Jason Gerwyn ar hyd ei oes fer…cyfrol frathog yn llawn pathos a dychan.

£4.95 0 86243 398 3

Lyn Ebenezer

Noson yr Heliwr

Cyfres Datrys a Dirgelwch

Pan ddarganfyddir corff myfyrwraig ger yr harbwr yn nhref brifysgol, Aber, mae'r Athro Gareth Thomas yn cynnig helpu'r Arolygydd Noel Bain i ddod o hyd i'r llofrudd. Nofel o'r ffilm o'r un enw.

£5.50 0 86243 317 7

Dyfed Edwards

Dant at Waed

Nofel iasoer am Tania a'i chriw sy'n bodloni eu chwant am waed yng nghylbiau nos y ddinas: cyfrol gyffrous sy'n hyrddio'r nofel Gymraeg i faes cwbl newydd.

£5.95 0 86243 390 8

Dyfed Edwards

Cnawd

Cyfrol o ddeg o straeon arswyd gan awdur ifanc sy'n feistr ar fferru'r gwaed.

£5.95 0 86243 417 3

Bethan Evans

Amdani

Nofel am griw o ferched sy'n sefydlu tim rygbi. Od fel mae ambell un yn newid yn llwyr wedi dengid oddi wrth y swnian a'r sinc... Nofel feistrolgar, eithafol o ddarllenadwy, gan awdur newydd sbon.

£5.95

0 86243 419 X

Robat Gruffudd

Crac Cymraeg

Nofel swmpus am densiynau personol a gwleidyddol sy'n codi yn sgil bygythiad i ddatblygu pentref Llangroes. Symuda'r nofel yn gyflym rhwng Bae Caerdydd, Caer, Llundain – ac ambell i Eisteddfod Genedlaethol! *Rhestr Fer Llyfr y Flwyddyn 1997.*

£7.95

0 86243 352 5

Mabli Hall

Ar Ynys Hud

Dyddiadur Cymraes ifanc sy'n mynd i weithio mewn gwesty ar Ynys Iona. Ychwanegir at naws hudolus y gwaith gan luniau pin-ac-inc Arlene Nesbitt.

£4.95

0 86243 345 2

Meleri Wyn James

Stripio

Casgliad o storïau bachog, tro-yn-y-gynffon gan awdur ifanc.

£4.95

0 86243 322 3

Twm Miall

Cyw Haul

Nofel liwgar am lencyndod mewn pentref gwledig ar ddechrau'r saithdegau. Braf yw cwmni'r hogia a chwrw'r Chwain, ond dyhead mawr Bleddyn yw rhyddid personol. . . Clasur o lyfr o ysgogodd sioe lwyfan a ffilm deledu.

£4.95

0 86243 169 7

Mihangel Morgan

Saith Pechod Marwol

Cyfrol o straeon byrion hynod ddarllenadwy. Mae'r arddull yn gynnil, yr hiwmor yn ffraeth ond yna'n sydyn sylweddolwn nad yw realiti fel yr oeddem wedi tybio o gwbwl. . . *Rhestr Fer Llyfr y Flwyddyn 1994.*

£5.95 0 86243 304 5

Eleri Llewelyn Morris

Genod Neis

Dwsin o straeon syml, crefftus. Mae gan y cymeriadau eu hofnau a'u siomedigaethau ond mae ganddynt hefyd hiwmor ac afiaith iachus. . .

£4.95 0 86243 293 6

John Owen

Pam Fi, Duw, Pam Fi?

Darlun, trwy lygaid disgybl, o fywyd yn un o ysgolion uwchradd dwyieithog de Cymru; yr iaith mor *zany* â'r hiwmor, ond y mae yna ddwyster a thristwch hefyd. *Enillydd Gwobr Tir na n-Og 1995.*

£5.95 0 86243 337 1

Angharad Tomos

Titrwm

Nofel farddonol am ferch fud-a-byddar sy'n ceisio mynegi cyfrinachau bywyd i'r baban sydd yn ei chroth. . .

£4.95 0 86243 324 X

Urien Wiliam

Cyffur Cariad

Cyfres Datrys a Dirgelwch

Mae Lyn Owen, swyddog tollau, yn ymholi i mewn i farwolaeth amheus merch a garai, a'r ymchwil yn ei arwain i'r Andes, ac i borthladdoedd lliwgar Cyprus. . .

£4.95

0 86243 371 1

Marcel Williams

Cansen y Cymry

Nofel hwyliog wedi'i lleoli yng nghefn gwlad Cymru pan oedd gormes y *Welsh Not* ac arolygwyr ysgolion fel y merchetwr Matthew Arnold yn dal yn hunllef byw. . .

£4.95

0 86243 284 7

Eirug Wyn

Elvis—Diwrnod i'r Brenin

Y gwir a'r gau, y cyhoeddus a'r preifat, y golau a'r tywyll am Elvis mewn nofel sy'n croesholi a chroeshoelio'r eilun poblogaidd.

£4.95

0 86243 389 4

Eirug Wyn

Smôc Gron Bach

Mae criw o wŷr busnes am chwalu rhes o dai er mwyn codi stiwdio deledu: nofel gyffrous sydd hefyd yn trin y gwrthdaro rhwng safonau hen a newydd. . . *Gwobr Goffa Daniel Owen 1994.*

£4.95

0 86243 331 2

Dim ond detholiad byr a restrwyd yn y tudalennau hyn.
Am restr gyflawn o'n holl lyfrau llenyddol a chyffredinol mynnwch eich copi rhad o'n Catalog newydd, lliw-llawn, 48-tudalen – neu hwyliwch i mewn iddo ar y We Fyd-eang!

TALYBONT CEREDIGION CYMRU SY24 5HE
e-bost ylolfa@netwales.co.uk
y we http://www.ylolfa.com/
ffôn (01970) 832 304
ffacs 832 782